Der Schwarze Zirkel

Der US-amerikanische Autor Robert Ervin Howard schrieb Fantasy-, Abenteuer- und Horrorgeschichten sowie mehrerer Westernromane. Bekannt geworden durch seine Figur Conan der legendäre Barbar gilt er als Vater des Subgenres Schwert und Magie und als prominenter Vertreter der Low Fantasy. 1973 erhielt er postum den British Fantasy Award für Marches of Valhalla als Spezialpreis.

"Der Schwarze Zirkel" (The People of the Black Circle) ist eine der Original-Novellen über Conan dem legendären Barbaren, geschrieben vom amerikanischen Autor Robert E. Howard und erstmals in der Zeitschrift Weird Tales in drei Teilen in den Ausgaben vom September, Oktober und November 1934 veröffentlicht.

Die Geschichte spielt im pseudohistorischen Hyborianischen Zeitalter und handelt von Conan, der eine exotische Prinzessin aus Vendhya (dem prähistorischen Indien) entführt und dabei einen ruchlosen Plan zur Welteroberung durch die schwarzen Magier von Yimsha vereitelt. Aufgrund ihres epischen Umfangs und des untypischen Charakters der Hindustan-Geschichte gilt die Erzählung als unumstrittener Klassiker der Conan-Legende und wird von Howard-Forschern oft als eine seiner besten Erzählungen zitiert. Sie ist auch eine der wenigen Howard-Geschichten, in denen der Leser einen tieferen Einblick in die Magie und die Magier erhält, jenseits der stereotypen hyborianischen Darstellung als Dämonenbeschwörer und Illusionisten-Priester.

Conan

der Legendäre

Der Schwarze Zirkel

Von Robert E. Howard

Aus dem Englischen übertragen und
herausgegeben von
Klaus-Dieter Sedlacek

ToppBook Fantastische Welt Bd. 7

Bibliografische Information der Deutschen Nationalbibliothek:
Die Deutsche Nationalbibliothek verzeichnet diese Publikation in der
Deutschen Nationalbibliografie; detaillierte bibliografische Daten
sind im Internet über dnb.dnb.de abrufbar

Übersetzung, Coverdesign, Satz in moderner Antiqua-Schrift:
Klaus-Dieter Sedlacek
https://toppbook.de

© 2020 Klaus-Dieter Sedlacek
Herstellung und Verlag: BoD – Books on Demand, Norderstedt

ISBN: 978-3-7494-9726-3

Inhaltsverzeichnis

1 Der Tod trifft einen König

Der König von Vendhya lag im Sterben. In der heißen, erdrückenden Nacht dröhnten die Tempelgongs und die Muschelschalen brausten. Ihr Geschrei war ein schwaches Echo in der goldgewölbten Kammer, in der Bunda Chand auf dem samtgepolsterten Podest um sein Leben kämpfte. Schweißperlen glitzerten auf seiner dunklen Haut; seine Finger verdrehten den goldgearbeiteten Stoff unter ihm. Er war jung; kein Speer hatte ihn berührt, kein Gift lauerte in seinem Wein. Aber seine Adern ragten wie blaue Schnüre an seinen Schläfen hervor, und seine Augen weiteten sich mit der Nähe des Todes. Zitternde Sklavenmädchen knieten am Fuße des Podiums, und zu ihm hinuntergebeugt, ihn mit leidenschaftlicher Intensität beobachtend, war seine Schwester, die Devi Yasmina. Bei ihr war der Wazam, ein edler, alt gewordener Adliger am Königshof.

Sie warf ihren Kopf in einer stürmischen Geste des Zorns und der Verzweiflung hoch, als der Donner der fernen Trommeln ihre Ohren erreichte.

"Die Priester und ihr Geschrei", rief sie aus. Sie sind nicht klüger als die Blutegel, die hilflos sind! Nein, er stirbt und keiner kann sagen, warum. Er stirbt jetzt - und ich stehe hier hilflos, die die ganze Stadt verbrennen und das Blut von Tausenden vergießen würden, um ihn zu retten.

"Kein Mann aus Ayodhya würde an seiner Stelle sterben, wenn es möglich wäre, Devi", antwortete der Wazam. "Dieses Gift ...

"Ich sage Ihnen, es ist kein Gift!", rief sie. "Seit seiner Geburt wurde er so streng bewacht, dass die klügsten Giftmörder des Ostens ihn nicht erreichen konnten. Fünf Schädel, die auf dem Turm der Drachen gebleicht wurden, können von Versuchen zeugen, die unternommen wurden - und die gescheitert sind. Wie Sie wissen, gibt es zehn Männer und zehn Frauen, deren einzige Aufgabe darin besteht, sein Essen und seinen Wein zu verkosten, und fünfzig bewaffnete Krieger bewachen seine Kammer, wie sie sie jetzt bewachen. Nein, es ist kein Gift; es ist Zauberei - schwarze, schreckliche Magie -"

Sie hörte auf, als der König sprach; seine bläulichen Lippen bewegten sich nicht, und in seinen glasigen Augen war kein Erkennen zu spüren. Aber seine Stimme erhob sich in einem unheimlichen Ruf, undeutlich und weit weg, als ob er von jenseits der weiten, windgepeitschten Klüfte zu ihr gerufen würde.

"Yasmina! Yasmina! Meine Schwester, wo bist du? Ich kann dich nicht finden. Alles ist Dunkelheit und das Rauschen der großen Winde!"

"Bruder!", rief Yasmina, seine schlaffe Hand in krampfhafter Umklammerung fassend. "Ich bin hier! Kennst du mich nicht?"

Ihre Stimme starb bei der völligen Leere seines Gesichtes. Ein leises, verwirrtes Stöhnen schwand aus seinem Mund. Die Sklavenmädchen am Fuße des Podiums wimmerten vor Angst, und Yasmina schlug sich qualvoll an die Brust.

In einem anderen Teil der Stadt stand ein Mann auf einem vergitterten Balkon mit Blick auf eine lange Straße, in der Fackeln geworfen wurden, die auf rauchige Weise dunkle Gesichter und das Weiß glänzender Augen enthüllten. Ein lang gezogenes Wehklagen erhob sich aus der Menge.

Der Mann zuckte mit den breiten Schultern und drehte sich in die Arabeskenkammer zurück. Er war ein großer Mann, kompakt gebaut und reich gekleidet.

"Der König ist noch nicht tot, aber das Klagelied ertönt", sagte er zu einem anderen Mann, der im Schneidersitz auf einer Matte in einer Ecke saß. Dieser Mann war in ein braunes Kamelhaargewand und Sandalen gekleidet, und auf seinem Kopf befand sich ein grüner Turban. Sein Gesichtsausdruck war ruhig, sein Blick unpersönlich.

"Die Menschen wissen, dass er nie wieder einen Sonnenaufgang erleben wird", antwortete dieser Mann.

Der erste Redner begünstigte ihn mit einem langen, suchenden Blick.

"Was ich nicht verstehen kann", sagte er, "ist, warum ich so lange auf den Angriff Ihrer Herren warten musste. Wenn sie den König jetzt umgebracht haben, warum konnten sie ihn nicht schon vor Monaten umbringen?"

"Sogar die Künste, die Sie Zauberei nennen, unterliegen kosmischen Gesetzen", antwortete der Mann mit dem grünen Turban. "Die Sterne lenken diese Handlungen, wie in anderen Angelegenheiten auch. Nicht einmal meine Meister können die Sterne verändern. Erst als die Himmel in der richtigen Ordnung waren, konnten sie diese Totenbeschwörung durchführen. Mit einem langen, fleckigen Fingernagel kartografierte er die Sternbilder auf dem marmorierten Boden. Die Neigung des Mondes prophezeite dem König von Vendhya Böses; die Sterne sind in Aufruhr, die Schlange ist im Haus des Elefanten. Während dieser Gegenüberstellung werden die unsichtbaren Wächter aus dem Geist von Bhunda Chand entfernt. Ein Pfad wird in den unsichtbaren Reichen geöffnet, und sobald ein Kontaktpunkt hergestellt war, wurden gewaltige Mächte entlang dieses Pfades ins Spiel gebracht".

"Kontaktpunkt?", fragte der andere. "Meinen Sie diese Haarlocke von Bhunda Chand?

Ja, alle weggeworfenen Teile des menschlichen Körpers sind immer noch Teil davon, durch unsichtbare Bande mit ihm verbunden. Die Priester von Asura haben eine dunkle Ahnung von dieser Wahrheit, und so werden alle Nagelabfälle, Haare und andere Abfallprodukte der Personen der königlichen Familie sorgfältig zu Asche reduziert und die Asche versteckt. Aber auf das dringende Bitten der Prinzessin von Khosala, die Bhunda Chand vergeblich liebte, gab er ihr als Zeichen der Erinnerung eine Locke seines langen schwarzen Haares. Als meine Meister über seinen Untergang entschieden, wurde die Locke in ihrem goldenen, juwelenbesetzten Etui unter ihrem Kopfkissen gestohlen, während sie schlief, und eine andere ersetzte sie, so wie die erste, dass sie den Unterschied nicht erkannte. Dann reiste das originale Etui mit einer Kamelkarawane die lange, lange Straße nach Peshkhauri hinauf, von dort den Zhaibar-Pass hinauf, bis es in die Hände derer gelangte, für die es bestimmt war".

"Nur eine Haarlocke", murmelte der Edelmann.

Durch sie wird eine Seele aus ihrem Körper und über die Weite des widerhallenden Raumes gezogen", erwiderte der Mann auf der Matte.

Der Edelmann studierte ihn neugierig.

"Ich weiß nicht, ob du ein Mann oder ein Dämon bist, Khemsa", sagte er schließlich. Nur wenige von uns sind das, was sie scheinen. Ich, den die Kshatriyas als Kerim Shah, einen Prinzen aus Iranistan, kennen, bin kein größerer Maskenspieler als die meisten Männer. Sie alle sind auf die eine oder andere Weise Verräter, und die Hälfte von ihnen weiß nicht, wem sie dienen. Da habe ich zumindest keine Zweifel; denn ich diene König Ezdigerd von Turan".

"Und ich, den schwarzen Sehern von Yimsha", sagte Khemsa, "und meine Meister sind größer als die euren, denn sie haben mit ihren Künsten erreicht, was Yezdigerd mit hunderttausend Schwertern nicht erreichen konnte."

Draußen schauderte das Stöhnen der gequälten Tausenden bis zu den Sternen, die die schweißtreibende Vendhyan-Nacht überzogen, und die Muscheln brüllten wie Ochsen vor Schmerz.

In den Gärten des Palastes glitzerten die Fackeln auf polierten Helmen und geschwungenen Schwertern und vergoldeten Korsetts. Alle edelgeborenen Kämpfer Ayodhyas waren im großen Palast oder um ihn herum versammelt, und an jedem breitbogigen Tor und jeder Tür standen fünfzig Bogenschützen mit Bögen in der Hand auf der Lauer. Aber der Tod pirschte sich durch den königlichen Palast, und keiner konnte seinem geisterhaften Gang widerstehen.

Auf dem Podium unter der goldenen Kuppel schrie der König erneut, von schrecklichen Paroxysmen geplagt. Wieder kam seine Stimme schwach und weit weg, und wieder beugte sich die Devi zu ihm und zitterte vor Angst, die dunkler war als der Schrecken des Todes.

"Yasmina!" Wieder dieser weit entfernte, seltsam dröhnende Schrei, aus unermesslichen Sphären. "Hilf mir! Ich bin weit weg von meinem irdischen Haus! Zauberer haben meine Seele durch die windgepeitschte Dunkelheit gezogen. Sie versuchen, die silberne Schnur zu zerreißen, die mich an meinen sterbenden Körper bindet. Sie scharen sich um mich; ihre Hände sind krallig, ihre Augen sind rot wie Flammen, die in der Dunkelheit brennen. Ach, rette mich, meine Schwester! Ihre Finger versengen mich wie Feuer! Sie werden meinen Körper töten und meine Seele verdammen! Was ist das, was sie mir bringen? Oje!"

Über den Schrecken in seinem hoffnungslosen Schrei schrie Yasmina unkontrolliert und warf sich in Hingabe ihrer Qualen körperlich auf ihn. Er wurde von einem schrecklichen Krampf zerrissen; Schaum flog von seinen verzerrten Lippen und seine sich windenden Finger hinterließen ihre Spuren auf den Schultern des Mädchens. Aber die glasklare Leere wich aus seinen Augen wie Rauch, der von einem Feuer geblasen wurde, und er schaute anerkennend zu seiner Schwester auf.

Sie schluchzte: "Bruder!"... "Bruder ...

Er keuchte, und seine nachlassende Stimme war verständlich. Ich weiß jetzt, was mich auf den Scheiterhaufen bringt. Ich habe eine weite Reise hinter mir und ich verstehe. Ich wurde von den Zauberern der Himelianer verzaubert. Sie zogen meine Seele aus meinem Körper heraus und weit weg, in einen steinernen Raum. Dort versuchten sie, die silberne Schnur des Lebens zu durchtrennen, und steckten meine Seele in den Körper eines fauligen Nachtwesens, das ihre Zauberei aus der Hölle heraufbeschworen hatte. Ah! Ich spüre jetzt ihre Anziehungskraft auf mich! Ihr Schrei und der Griff Ihrer Finger haben mich zurückgebracht, aber ich gehe schnell. Meine Seele klammert sich an meinen Körper, aber ihr Halt wird schwächer. Töte mich schnell, bevor sie meine Seele für immer gefangen nehmen können!

"Ich kann nicht!", klagte sie und schlug auf ihre nackten Brüste.

"Schnell, ich befehle es dir!" Da war die alte, herrische Note in seinem versagenden Flüstern. "Du hast mir nie ungehorsam gewesen - gehorche meinem letzten Befehl! Schick meine Seele rein nach Asura! Eile, damit du mich nicht dazu verdammt, die Ewigkeit als schmutziger Hauch der Dunkelheit zu verbringen. Schlage zu, ich befehle es dir! Schlage zu!"

Wild schluchzend riss Yasmina einen juwelenbesetzten Dolch aus ihrem Gürtel und stieß ihn bis zum Heft in seine Brust. Er erstarrte und wurde dann schlaff, ein grimmiges Lächeln wölbte seine toten Lippen. Yasmina stürzte sich mit dem Gesicht nach unten auf den mit Schilf bedeckten Boden und schlug mit den geballten Händen auf das Schilf. Draußen brüllten und donnerten die Gongs und Muscheln, und die Priester stießen mit Kupfermessern in die Luft.

2 Ein Barbar von den Bergen

Chunder Shan, der Gouverneur von Peshkhauri, legte seine goldene Feder nieder und überprüfte sorgfältig das, was er auf Pergament geschrieben hatte, das sein offizielles Siegel trug. Er hatte Peshkhauri so lange regiert, nur weil er jedes Wort, ob gesprochen oder geschrieben, abgewogen hatte. Gefahr bringt Vorsicht hervor, und nur ein wachsamer Mann lebt lange in diesem wilden Land, wo die heißen Vendhyan-Ebenen auf die Felsen der Himelianer treffen. Ein einstündiger Ritt westwärts oder nordwärts und einer überquerte die Grenze und befand sich unter den Bergen, wo die Menschen nach dem Gesetz des Messers lebten.

Der Gouverneur war allein in seiner Kammer und saß an seinem kunstvoll geschnitzten Tisch aus eingelegtem Ebenholz. Durch das breite Fenster, das für die Kühle geöffnet war, konnte er ein Feld der blauen himelianischen Nacht sehen, das mit großen weißen Sternen übersät war. Eine angrenzende Brüstung war eine schattenhafte Linie, und weitere Zinnen und Schießscharten waren im schwachen Sternenlicht kaum zu erkennen. Die Festung des Gouverneurs war stark und lag außerhalb der Stadtmauern, die sie bewachte. Die Brise, die die Wandteppiche auf der Mauer aufwirbelte, brachte schwache Geräusche von den Straßen Peschkhauris mit sich - gelegentlich klagende Gesänge oder das Klimpern einer Zither.

Der Gouverneur las, was er geschrieben hatte, langsam, mit offener Hand, die seine Augen vor der bronzenen Butterlampe beschattete, während sich seine Lippen bewegten. Abwesend hörte er beim Lesen die Hufschläge der Pferde außerhalb der Barbakane, das scharfe Stakkato der Aufforderung der Wachen. Er beachtete es nicht, er war auf seinen Brief bedacht. Er war an den Wazam von Vendhya am königlichen Hof von Ayodhya gerichtet und enthielt nach der üblichen Begrüßung die folgende Erklärung:

"Teilen Sie Eurer Exzellenz mit, dass ich die Anweisungen Eurer Exzellenz getreulich ausgeführt habe. Die sieben Stammesangehörigen werden in ihrem Gefängnis gut bewacht, und ich habe wiederholt die Nachricht in die Berge geschickt, dass ihr Häuptling persönlich kommt, um mit mir über ihre Freilassung zu verhandeln. Aber er hat keine Anstalten gemacht, außer die Nachricht zu senden, dass er Peshkhauri verbrennen und seinen Sattel mit meiner Haut bedecken wird, wenn sie nicht freigelassen werden, wobei ich Eure Exzellenz um Nachsicht bitte. Das kann er durchaus versuchen, und ich habe die Zahl der Lanzenwächter verdreifacht. Der Mann ist kein gebürtiger Ghulistaner. Ich kann seinen nächsten Schritt nicht mit Sicherheit vorhersagen. Aber da es der Wunsch des Teufels ist ...

Er verließ seinen elfenbeinfarbenen Stuhl und stand auf den Füßen mit Blick auf die bogenförmige Tür, alles in einem Augenblick. Er schnappte nach dem gekrümmten Schwert, das in seiner verzierten Scheide auf dem Tisch lag, und prüfte dann die Bewegungsabläufe.

Es war eine Frau, die unangekündigt eingetreten war, eine Frau, deren feine Gewänder die reichen Gewänder unter ihnen ebenso wenig verbargen wie die Geschmeidigkeit und Schönheit ihrer großen, schlanken Gestalt. Ein hauchdünner Schleier fiel über ihre Brüste, getragen von einem wogenden Kopfschmuck, der mit einer dreifachen Goldtresse umwickelt und mit einem goldenen Halbmond geschmückt war. Ihre dunklen Augen betrachteten den erstaunten Gouverneur hinter dem Schleier, und dann entblößte sie mit einer herrischen Geste ihrer weißen Hand ihr Gesicht.

"Devi!" Der Gouverneur fiel vor ihr auf die Knie, wobei Überraschung und Verwirrung die Erhabenheit seiner Huldigung etwas verdarben. Mit einer Geste forderte sie ihn

14

auf, sich zu erheben, und er beeilte sich, sie zu dem Elfenbeinstuhl zu führen, während er sich die ganze Zeit in Höhe seines Gürtels verbeugte. Doch seine ersten Worte waren von Vorwürfen geprägt.

"Eure Majestät! Das war höchst unklug! Die Grenze ist unsicher. Die Überfälle von den Bergen aus sind unablässig. Ihr seid in großer Zahl erschienen?"

"Ein großes Gefolge folgte mir nach Peshkhauri", antwortete sie. "Ich quartierte meine Leute dort ein und kam mit meiner Dienerin Gitara ins Fort."

Chunder Shan stöhnte entsetzt.

"Devi! Ihr versteht die Gefahr nicht. Eine Stunde Fahrt von diesem Ort entfernt wimmelt es in den Bergen von Barbaren, die einen Berufsstand des Mordes und der Vergewaltigung vertreten. Zwischen dem Fort und der Stadt sind Frauen geraubt und Männer erstochen worden. Peshkhauri ist nicht wie Ihre südlichen Provinzen."

"Aber ich bin hier, und zwar unverletzt", unterbrach sie mit einer Spur von Ungeduld. Ich zeigte meinen Siegelring der Wache am Tor und der vor Ihrer Tür, und sie ließen mich unangekündigt ein, da sie mich nicht kannten, aber annahmen, dass ich ein geheimer Kurier aus Ayodhya sei. Lassen Sie uns jetzt keine Zeit verlieren.

"Ihr habt keine Nachricht vom Anführer der Barbaren erhalten?"

"Keine außer Drohungen und Flüchen, Devi. Er ist vorsichtig und misstrauisch. Er hält es für eine Falle, und vielleicht kann man ihm keine Schuld geben. Die Kshatriyas haben ihre Versprechen an das Bergvolk nicht immer eingehalten."

"Er muss zur Vernunft gebracht werden!" brach es aus Yasmina heraus, die Knöchel ihrer geballten Hände waren weiß.

"Ich verstehe nicht." Der Gouverneur schüttelte den Kopf. "Als ich die Gelegenheit hatte, diese sieben Bergleute zu fangen, meldete ich ihre Gefangennahme dem Wazam, wie es Brauch ist, und dann, bevor ich sie hängen konnte, kam der Befehl, sie festzuhalten und mit ihrem Anführer zu reden. Das tat ich, aber der Mann hält sich, wie ich sagte, fern. Diese Männer gehören zum Stamm der Afghanen, aber er ist ein Ausländer aus dem Westen, und er heißt Conan. Ich habe gedroht, sie morgen bei Tagesanbruch zu hängen, falls er nicht kommt.

"Gut!", rief die Devi. "Das habt Ihr gut gemacht. Und ich werde Euch sagen, warum ich diese Befehle gegeben habe. Mein Bruder -" sie zögerte, erstickte, und der Gouverneur senkte den Kopf, mit der üblichen Geste des Respekts vor einem verstorbenen Souverän.

"Der König von Vendhya wurde durch Zauberei vernichtet", sagte sie schließlich. "Ich habe mein Leben der Vernichtung seiner Mörder gewidmet. Als er starb, gab er mir einen Hinweis, und ich bin ihm gefolgt. Ich habe das Buch von Skelos gelesen und mit namenlosen Einsiedlern in den Höhlen unter Jhelai gesprochen. Ich erfuhr, wie und von wem er vernichtet wurde. Seine Feinde waren die schwarzen Seher des Berges Yimsha."

"Asura!", flüsterte Chunder Shan, der blass wurde.

Ihre Augen durchbohrten ihn. Habt Ihr Angst vor ihnen?

"Wer fürchtet sie nicht, Eure Majestät?", antwortete er. "Es sind schwarze Teufel, die die unbewohnten Berge jenseits von Zhaibar heimsuchen. Aber die Weisen sagen, dass sie sich nur selten in das Leben der Sterblichen einmischen.

"Warum sie meinen Bruder getötet haben, weiß ich nicht", antwortete sie. "Aber ich habe auf dem Altar von Asura geschworen, sie zu vernichten! Und ich brauche die

Hilfe eines Mannes jenseits der Grenze. Eine Kshatriya-Armee würde Yimsha ohne Hilfe niemals erreichen."

"Ja", murmelte Chunder Shan. "Ich brauche die Hilfe eines Mannes. "Du sprichst hier die Wahrheit. Es wäre ein Kampf auf Schritt und Tritt, bei dem haarige Bergmänner aus jeder Höhe Felsbrocken herunterwerfen und uns in jedem Tal mit ihren langen Messern hetzen würden. Die Turaner haben sich einmal durch die Himelianer gekämpft, aber wie viele kehrten nach Khurusun zurück? Nur wenige von denen, die den Schwertern der Kschatriyas entkamen, nachdem der König, dein Bruder, ihr Heer am Jhumda-Fluss besiegt hatte, sahen nur noch wenige Secunderam".

"Und so muss ich die Männer jenseits der Grenze kontrollieren", sagte sie, "Männer, die den Weg zum Berg Yimsha kennen ...

Aber die Stämme fürchten die Schwarzen Seher und meiden den unheiligen Berg", brach der Gouverneur ein.

"Hat der Anführer, Conan, Angst vor ihnen?", fragte sie.

"Nun, was das betrifft", murmelte der Gouverneur, "ich bezweifle, dass es etwas gibt, was der Teufel fürchtet."

"Das wurde mir gesagt. Deshalb ist er der Mann, mit dem ich zu tun habe. Er wünscht die Freilassung seiner sieben Männer. Nun gut, ihr Lösegeld sollen die Köpfe der Schwarzen Seher sein! Ihre Stimme klirrte vor Hass, als sie die letzten Worte sprach, und ihre Hände umklammerten ihre Seiten. Sie sah wie ein Bild leibhaftiger Leidenschaft aus, als sie mit hoch erhobenem Kopf und wogendem Busen dastand.

Wieder kniete der Gouverneur nieder, denn ein Teil seiner Weisheit war das Wissen, dass eine Frau in einem solchen emotionalen Sturm so gefährlich ist wie eine blinde Kobra für jeden, der sich um sie herum befindet.

"Es soll sein, wie Ihr wünscht, Eure Majestät. Als sie dann einen ruhigeren Aspekt präsentierte, erhob er sich und wagte es, ein Wort der Warnung fallen zu lassen. "Ich kann nicht vorhersagen, was der Anführer Conan tun wird. Die Stammesangehörigen sind immer unruhig, und ich habe Grund zu der Annahme, dass die Abgesandten der Turaner sie aufwiegeln, um unsere Grenzen zu überfallen. Wie Eure Majestät wissen, haben sich die Turaner in Secunderam und anderen Städten des Nordens niedergelassen, obwohl die Bergstämme noch nicht besiegt sind. König Ezdigerd blickt seit Langem mit gierigem Verlangen nach Süden und versucht vielleicht, durch Verrat zu gewinnen, was er mit Waffengewalt nicht gewinnen konnte. Ich habe gedacht, dass Conan einer seiner Spione sein könnte".

"Wir werden sehen", antwortete sie. Wenn er seine Anhänger liebt, wird er bei Tagesanbruch vor den Toren stehen, um zu verhandeln. Ich werde die Nacht in der Festung verbringen. Ich kam verkleidet nach Peschkhauri und quartierte mein Gefolge in einem Gasthaus statt im Palast ein. Außer meinem Volk kennen nur Sie selbst meine Anwesenheit hier."

"Ich werde Euch zu Eurem Quartier begleiten, Eure Majestät", sagte der Gouverneur, und als sie aus dem Tor herauskamen, winkte er dem Krieger, der dort Wache hielt, und der Mann stürzte mit einem Speer, den er zum Gruß hielt, hinter ihnen her.

Die Dienerin wartete, verschleiert wie ihre Herrin, vor der Tür, und die Gruppe durchquerte einen breiten, gewundenen Korridor, der von rauchigen Fackeln erleuchtet war, und erreichte die Quartiere, die hauptsächlich für den Besuch von Honoratioren, Generälen und Vizekönigen reserviert waren; keiner aus der königlichen Familie hatte die Festung jemals zuvor beehrt. Chunder Shan hatte das beunruhigende Gefühl, dass die Suite für eine so erhabene

Persönlichkeit wie die Devi nicht geeignet war, und obwohl sie versuchte, ihm in ihrer Gegenwart ein gutes Gefühl zu geben, war er froh, als sie ihn entließ und er sich zurückzog. Alle Knechte des Forts waren gerufen worden, um seinem königlichen Gast zu dienen - obwohl er ihre Identität nicht preisgab - und er stationierte eine Truppe von Speerkämpfern vor ihren Türen, unter ihnen auch den Krieger, der seine eigene Kammer bewacht hatte. In seiner Bemühung vergaß er, den Mann zu ersetzen.

Der Gouverneur war noch nicht lange von ihr fort, als Yasmina sich plötzlich an etwas anderes erinnerte, das sie mit ihm besprechen wollte, das sie aber bis zu diesem Moment vergessen hatte. Es ging um die vergangenen Taten eines Kerim Schah, eines Adligen aus Iranistan, der eine Zeit lang in Peschkhauri gewohnt hatte, bevor er an den Hof von Ayodhya kam. Ein flüchtiger Verdacht gegen den Mann war durch einen Blick auf ihn in dieser Nacht in Peshkhauri geweckt worden. Sie fragte sich, ob er ihr von Ayodhya aus gefolgt war. Da sie eine wirklich außergewöhnliche Devi war, rief sie den Gouverneur nicht noch einmal zu sich, sondern eilte allein in den Korridor hinaus und eilte zu seiner Kammer.

Als Chunder Shan seine Kammer betrat, schloss er die Tür und ging zu seinem Tisch. Dort nahm er den Brief, den er geschrieben hatte, und zerriss ihn in Stücke. Kaum war er fertig, hörte er etwas leise auf die Brüstung neben dem Fenster fallen. Er schaute auf, um eine Gestalt zu sehen, die sich kurz gegen die Sterne abhob, und dann fiel ein Mann leise in den Raum. Das Licht glitzerte auf dem langen Glanz des Stahls in seiner Hand.

Er warnte: "Schhhh! "Machen Sie keinen Lärm, oder ich schicke dem Teufel einen Handlanger!"

Der Gouverneur überprüfte seine Bewegung in Richtung des Schwertes auf dem Tisch. Er war in Reichweite des meterlangen Zhaibar-Messers, das in der Faust des Eindringlings glitzerte, und er kannte die verheerende Schnelligkeit eines Hinterwäldlers.

Der Eindringling war ein großer Mann, gleichzeitig stark und geschmeidig. Er war wie ein Hinterwäldler gekleidet, aber seine dunklen Gesichtszüge und seine glühend blauen Augen passten nicht zu seiner Kleidung. Chunder Shan hatte noch nie einen Mann wie ihn gesehen; er war kein Oststaatler, sondern ein Barbar aus dem Westen. Aber sein Aussehen war so ungezähmt und gewaltig wie die der haarigen Stammesangehörigen, die die Berge Ghulistans heimsuchen.

"Sie kommen wie ein Dieb in der Nacht", kommentierte der Gouverneur und gewann etwas von seiner Gelassenheit zurück, obwohl er sich daran erinnerte, dass es keine Wache in Rufweite gab. Dennoch konnte der Bergbewohner das nicht wissen.

"Ich bin auf eine Bastion geklettert", knurrte der Eindringling. Eine Wache schob ihren Kopf rechtzeitig über die Zinne, sodass ich mit meinem Messergriff darauf einschlagen konnte.

"Sie sind Conan?

"Wer sonst? Sie haben in den Bergen verkündet, dass Sie wünschen, dass ich herkommen und mit Ihnen verhandeln soll. Nun, bei Crom, ich bin gekommen! Bleiben Sie von dem Tisch weg, oder ich werde Sie aufschlitzen."

"Ich möchte mich nur setzen", antwortete der Gouverneur und versank vorsichtig in den Elfenbeinstuhl, den er vom Tisch wegzog. Conan bewegte sich unruhig vor sich hin, blickte misstrauisch zur Tür und drückte mit dem Daumen auf die Klinge seines Drei-Fuß-Messers. Er bewegte sich nicht wie ein Afghane und war unverblümt direkt, wo der Orient eher subtil ist.

"Sie haben sieben meiner Männer", sagte er abrupt. "Sie haben das Lösegeld, das ich Ihnen angeboten habe, abgelehnt. Was zum Teufel wollen Sie?

"Lasst uns über die Bedingungen sprechen", antwortete Chunder Shan vorsichtig.

Bedingungen?" In seiner Stimme klang ein Timbre von gefährlicher Wut. Was meinen Sie damit? Habe ich Ihnen nicht Gold angeboten?

Chunder Shan lachte.

"Gold? Es gibt mehr Gold in Peshkhauri, als Sie je gesehen haben.

"Sie sind ein Lügner", erwiderte Conan. "Ich habe den Suk der Goldschmiede in Khurusun gesehen.

"Nun, mehr als ein Afghane je gesehen hat", änderte Chunder Shan seien Argumentation. "Und es ist nur ein Tropfen des gesamten Schatzes von Vendhya. Warum sollten wir Gold begehren? Es wäre eher zu unserem Vorteil, diese sieben Diebe zu hängen."

Conan ließ einen wütenden Fluch fallen, und die lange Klinge zitterte in seinem Griff, als die Muskeln an seinem braunen Arm in Wülsten anstiegen.

"Ich spalte deinen Kopf wie eine reife Melone!"

Eine wilde blaue Flamme flackerte in den Augen des Bergbewohners, aber Chunder Shan zuckte mit den Schultern, obwohl er den scharfen Stahl im Auge behielt.

"Du kannst mich leicht töten und danach wahrscheinlich über die Mauer entkommen. Aber das würde die sieben Stammesangehörigen nicht retten. Meine Männer würden sie sicherlich hängen. Und diese Männer sind Häuptlinge unter den Afghanen.

"Ich weiß es", knurrte Conan. "Der Stamm heult wie die Wölfe auf meinen Fersen, weil ich ihre Freilassung nicht erwirkt habe. Sag mir in klaren Worten, was du willst, denn, bei Crom! Wenn es keinen anderen Weg gibt, werde ich eine Horde aufstellen und sie bis vor die Tore von Peshkhauri führen!"

Chunder Shan sah den Mann an, wie er mit dem Messer in der Faust und glänzenden Augen dastand, und zweifelte nicht daran, dass er dazu fähig war. Der Gouverneur glaubte nicht daran, dass irgendein Berghorde Peshkhauri einnehmen könnte, aber er wünschte sich keine verwüstete Landschaft.

"Es gibt eine Mission, die du erfüllen musst", sagte er und wählte seine Worte mit der gleichen Sorgfalt, als wären es Rasiermesser gewesen. "Es ..."

Conan war zurückgesprungen und hatte sich im selben Moment mit knurrenden Lippen zur Tür gewandt. Seine barbarischen Ohren hatten den schnellen Auftritt der weichen Pantoffeln vor der Tür aufgefangen. Im nächsten Augenblick wurde die Tür aufgeworfen und eine schlanke, seidengekleidete Gestalt trat hastig ein, zog die Tür zu - und blieb dann beim Anblick des Bergbewohners kurz stehen.

Chunder Shan sprang auf, sein Herz sprang ihm in den Mund.

Er schrie unwillkürlich und verlor in seinem Schreck kurzzeitig den Kopf.

Es war wie ein explosives Echo von den Lippen des Bergbewohners. Chunder Shan sah das Erkennen und die Absicht in den wilden blauen Augen aufflammen.

Der Gouverneur schrie verzweifelt und griff zu seinem Schwert, aber der Hinterwäldler bewegte sich mit der verheerenden Geschwindigkeit eines Hurrikans. Er sprang, schlug den Gouverneur mit einem wilden Schlag seines Messergriffs, packte die verblüffte Devi mit einem kräftigen Arm und sprang zum Fenster. Chunder Shan kämpfte sich verzweifelt hoch, sah den Mann, der einen Augenblick auf dem Fensterbrett stand, mit einem Flattern von seidenen Röcken und weißen Gliedmaßen seines königlichen Gefangenen, und hörte sein heftiges, jubelndes Knurren: "Nun wage es, meine Männer zu hängen", und dann sprang Conan auf die Brüstung und war weg. Ein wilder Schrei hallte dem Gouverneur in die Ohren.

"Wache! Wache!", schrie der Gouverneur und rannte trunken zur Tür. Er riss sie auf und taumelte in die Halle. Seine Rufe hallten in den Gängen wider, und die Krieger kamen angerannt, um den Gouverneur mit seinem zerschlagenen Kopf, aus dem das Blut floss, zu sehen.

Er brüllte: "Macht die Lanzenreiter fertig! Es hat eine Entführung stattgefunden!" Selbst in seiner Raserei hatte er noch genug Verstand, um die volle Wahrheit zurückzuhalten. Er hielt kurz inne, als er draußen plötzlich ein Hufgeklapper, einen rasenden Schrei und einen wilden Jubelschrei der Barbaren hörte.

Der Gouverneur rannte, gefolgt von den verwirrten Gardisten, zur Treppe. Im Innenhof des Forts stand eine Truppe von Lanzenreitern an gesattelten Rossen, die sofort zum Reiten bereit waren. Chunder Shan führte sein Geschwader an, das dem Flüchtling fast hinterherflog, obwohl sein Kopf schwankte, sodass er sich mit beiden Händen am Sattel festhalten musste. Er verriet nicht die Identität des Opfers, sondern sagte lediglich, dass die Adlige, die den königlichen Siegelring getragen hatte, vom Anführer der Afghanen mitgenommen worden war. Der Entführer war nicht zu sehen und zu hören, aber sie kannten den Weg, den er einschlagen würde - die Straße, die direkt Richtung Zhaibar führt. Es gab keinen Mond; die Bauernhütten ragten schemenhaft im Sternenlicht auf. Hinter ihnen verschwanden die düstere Bastion des Forts und die Türme von Peshkhauri. Vor ihnen ragten die schwarzen Berge der Himelianer auf.

3 Die Magie des Khemsa

In der Verwirrung, die in der Festung herrschte, während die Wache ausgezogen war, bemerkte niemand, dass das Mädchen, das die Devi begleitet hatte, aus dem großen Bogentor schlüpfte und in der Dunkelheit verschwand. Sie rannte geradewegs auf die Stadt zu, ihre Kleider hochgezogen. Sie folgte nicht der offenen Straße, sondern rannte geradewegs durch Felder und über Hügel, wobei sie Zäune und Wassergräben so sicher umging, als ob es helllichter Tag wäre, und so leicht, als ob sie eine ausgebildete Läuferin wäre. Die Hufschläge der Gardisten waren auf dem Hügel verklungen, bevor sie die Stadtmauer erreichte. Sie ging nicht zu dem großen Tor, unter dessen Bogen sich die Männer auf Speere stützten und ihre Hälse in die Dunkelheit reckten, um über die ungewohnte Aktivität in der Festung zu diskutieren. Sie ging an der Mauer entlang, bis sie einen bestimmten Punkt erreichte, an dem die Turmspitze über den Zinnen sichtbar war. Dann legte sie die Hände zum Mund und stimmte einen tiefen, merkwürdigen Ruf an, der seltsam klang.

Fast augenblicklich erschien ein Kopf an einer Scharte, und ein Seil schlängelte sich die Mauer hinunter. Sie ergriff es, setzte einen Fuß in die Schlaufe am Ende und winkte mit ihrem Arm. Dann wurde sie schnell und sanft über den steinernen Vorsprung gezogen. Einen Augenblick später krabbelte sie über die Zinnen und stellte sich auf ein Flachdach, das ein an die Wand gebautes Haus bedeckte. Dort gab es eine offene Klappe, und ein Mann in einem Kamelhaargewand wickelte das Seil still auf und verriet in keiner Weise die Anstrengung, eine erwachsene Frau eine vierzig Fuß hohe Mauer hochzuziehen.

"Wo ist Kerim Shah?", keuchte sie nach ihrem langen Lauf hechelnd.

"Er schläft in dem Haus unten. Hast du Neuigkeiten?"

"Conan hat die Devi aus der Festung entführt und in die Berge verschleppt!" Sie platzte in aller Eile mit ihren Neuigkeiten heraus, die Worte stolperten durcheinander.

Khemsa zeigte keine Emotionen, sondern nickte lediglich mit dem turbanbesetzten Kopf. "Kerim Shah wird sich freuen, das zu hören", sagte er.

"Warte!" Das Mädchen warf ihre geschmeidigen Arme um seinen Hals. Sie keuchte heftig, aber nicht nur vor Anstrengung. Ihre Augen leuchteten wie schwarze Juwelen im Sternenlicht. Ihr nach oben gerichtetes Gesicht war dem von Khemsa nahe, aber obwohl er sich ihrer Umarmung unterwarf, erwiderte er sie nicht.

Sie keuchte: "Sag es nicht dem Hirkanier! Lass uns dieses Wissen selbst nutzen! Der Gouverneur ist mit seinen Reitern in die Berge gegangen, aber er könnte genauso gut einem Geist nachjagen. Er hat niemandem gesagt, dass es die Devi war, die entführt wurde. Niemand in Peshkhauri oder im Fort weiß es außer uns."

"Aber was nützt uns das?", protestierte der Mann. "Meine Meister schickten mich mit Kerim Shah, um ihm in jeder Hinsicht zu helfen.

"Hilf dir selbst!", rief sie heftig. "Schüttel dein Joch ab!"

"Du meinst, du gehorchst meinen Herren nicht?", keuchte er, und sie fühlte, wie sein ganzer Körper unter ihren Armen kalt wurde.

"Ja!", schüttelte sie ihn in der Wut ihrer Gefühle. "Auch du bist ein Magier! Warum willst du ein Sklave sein, der seine Kräfte nur benutzt, um andere zu erheben? Benutze deine Künste für dich selbst!"

"Das ist verboten!" Er zitterte wie vor Schüttelfrost. "Ich gehöre nicht zum Schwarzen Kreis. Nur auf Befehl der Meister wage ich es, das Wissen, das sie mich gelehrt haben, zu nutzen."

"Aber du kannst es nutzen!", argumentierte sie leidenschaftlich. "Tu, was ich dir sage! Natürlich hat Conan die Devi als Geisel gegen die sieben Stammesangehörigen im Gefängnis des Gouverneurs in Gewahrsam genommen. Vernichtet sie, damit Chunder Shan sie nicht benutzen kann, um die Devi freizukaufen. Dann lass uns in die Berge gehen und sie den Afghanen wegnehmen. Sie können sich nicht mit ihren Messern gegen deine Zauberei wehren. Der Schatz der Könige von Vendhyan wird uns als Lösegeld gehören - und wenn wir ihn dann in unseren Händen halten, können wir sie austricksen und sie an den König von Turan verkaufen. Wir werden einen Reichtum haben, der unsere verrücktesten Träume übersteigt. Mit ihm können wir Krieger kaufen. Wir werden Khorbhul erobern, die Turaner von den Bergen vertreiben und unsere Heerscharen nach Süden schicken, König und Königin eines Reiches werden!"

Auch Khemsa keuchte und zitterte wie ein Blatt in der Hand; sein Gesicht zeigte sich im Sternenlicht grau, von großen Schweißtropfen durchzogen.

"Ich liebe dich", rief sie heftig, drückt ihren Körper gegen den seinen, erwürgte ihn in ihrer wilden Umarmung fast und schüttelte ihn in ihrer Hemmungslosigkeit. "Ich werde einen König aus dir machen! Aus Liebe zu dir habe ich meine Herrin verraten; aus Liebe zu mir verrate die Herren! Warum die schwarzen Seher fürchten? Durch deine Liebe zu mir hast du bereits eines ihrer Gesetze gebrochen! Brich den Rest! Du bist genauso stark wie sie!"

Ein Mann aus Eis hätte der sengenden Hitze ihrer Leidenschaft und ihres Zorns nicht standhalten können. Mit einem unartikulierten Schrei drückte er sie an sich, beugte sie nach hinten und drückte ihr keuchende Küsse auf Augen, Gesicht und Lippen.

"Gut, ich werde es tun!" Seine Stimme war voll von schweren Emotionen. Er taumelte wie ein Betrunkener.

"Die Künste, die sie mir beigebracht haben, sollen für mich arbeiten, nicht für meine Meister. Wir werden die Herrscher der Welt sein."

"Dann komm!" Sie drehte sich geschmeidig aus seiner Umarmung heraus, ergriff seine Hand und führte ihn zur Falltür. Zuerst müssen wir sicherstellen, dass der Gouverneur diese sieben Afghanen nicht gegen die Devi austauscht.

Er bewegte sich wie ein Mann in Trance, bis sie eine Leiter hinuntergestiegen waren und sie in der Kammer darunter verharrte. Kerim Shah lag bewegungslos auf einer Couch, einen Arm über dem Gesicht, als ob er seine schlafenden Augen vor dem weichen Licht einer Messinglampe schützen wollte. Sie riss an Khemsas Arm und machte eine schnelle Geste über ihre eigene Kehle. Khemsa hob seine Hand; dann änderte sich sein Gesichtsausdruck und er zog sich zurück.

"Ich habe sein Salz gegessen", murmelte er. "Außerdem kann er uns nicht stören."

Er führte das Mädchen durch eine Tür, die sich an einer Wendeltreppe öffnete. Nachdem ihr weicher Tritt in Schweigen übergegangen war, setzte sich der Mann auf der Couch auf. Kerim Shah wischte sich den Schweiß vom Gesicht. Einen Messerstich fürchtete er nicht, aber er fürchtete Khemsa, wie ein Mann ein giftiges Reptil fürchtet.

"Leute, die auf Dächern konspirieren, sollten daran denken, ihre Stimme zu senken", murmelte er. Aber da sich Khemsa gegen seine Herren gewandt hat und er mein einziger Kontakt zwischen ihnen und mir war, kann ich nicht mehr auf ihre Hilfe zählen. Von nun an spiele ich das Spiel auf meine eigene Art und Weise.

Als er sich aufrichtete, ging er schnell zu einem Tisch, zog Stift und Pergament aus seinem Gürtel und kritzelte ein paar knappe Zeilen.

"An Khosru Khan, Gouverneur von Secunderam: Der Kimmerier Conan hat die Devi Yasmina in die Dörfer der Afghanen verschleppt. Das ist eine Gelegenheit, die Devi in unsere Hände zu bekommen, wie es der König so lange gewünscht hat. Schicken Sie dreitausend Reiter auf einmal. Ich werde sie im Tal von Gurascha mit einheimischen Führern erwarten".

Und er unterschrieb mit einem Namen, der nicht im Geringsten an Kerim Shah erinnerte.

Dann zog er aus einem goldenen Käfig eine Brieftaube, an deren Bein er das Pergament befestigte, das er zu einem winzigen Zylinder zusammenrollte und mit Golddraht sicherte. Dann ging er schnell zu einem Fensterflügel und warf den Vogel in die Nacht. Der Vogel wackelte auf flatternden Flügeln, balancierte und war weg wie ein flatternder Schatten. Kerim Shah holte Helm, Schwert und Umhang hervor und eilte aus der Kammer und die Wendeltreppe hinunter.

Das Gefängnisviertel von Peshkhauri war vom Rest der Stadt durch eine massive Mauer getrennt, in die unter einem Bogen eine einzige eisenbeschlagene Tür eingelassen war. Über dem Bogen brannte eine grelle rote Feuerschale, und neben der Tür hockte ein Krieger mit Speer und Schild.

Dieser Krieger lehnte sich auf seinen Speer und gähnte von Zeit zu Zeit, als er plötzlich auf die Beine kam. Er hatte nicht geglaubt, dass er eingeschlafen war, aber ein Mann stand vor ihm, ein Mann, den er nicht hatte kommen hören. Der Mann trug ein Gewand aus Kamelhaar und einen grünen Turban. Im flackernden Licht der Feuerschale waren seine Züge schattig, aber ein Paar glänzende Augen leuchteten überraschend in dem grellen Schein.

"Wer kommt?", fragte der Krieger und präsentierte seinen Speer. "Wer bist du?"

Der Fremde schien nicht beunruhigt, obwohl die Speerspitze seine Brust berührte. Seine Augen hielten die des Kriegers mit seltsamer Intensität.

"Was musst du tun?", fragte er seltsam.

"Das Tor bewachen!" Der Krieger sprach mit starker, mechanischer Stimme; er stand starr wie eine Statue, seine Augen wurden langsam glasig.

"Du lügst! Du bist verpflichtet, mir zu gehorchen! Du hast mir in die Augen geschaut, und deine Seele ist nicht mehr deine eigene. Öffne diese Tür!"

Steif, mit den hölzernen Zügen eines Bildes, fuhr der Wächter herum, zog einen großen Schlüssel aus seinem Gürtel, drehte ihn in dem massiven Schloss und schwenkte die Tür auf. Dann stand er stramm, sein starrer Blick richtete sich geradeaus vor sich hin.

Eine Frau glitt aus dem Schatten und legte eine eifrige Hand auf den Arm des Mesmeristen.

Sie flüsterte: "Sag ihm, er soll uns Pferde holen, Khemsa".

"Das ist nicht nötig", antwortete die Rakhsha. Er hob seine Stimme leicht an und sprach mit dem Gardisten. "Ich habe keine Verwendung mehr für dich. Bring dich um!"

Wie ein Mann in Trance drückte der Krieger den Fuß seines Speeres gegen die Basis der Wand und legte die scharfe Spitze an seinen Körper, direkt unter die Rippen. Dann lehnte er sich langsam und behäbig mit seinem ganzen Gewicht dagegen, sodass diese seinen Körper durchbohrte und zwischen seinen Schultern herauskam. Den Schaft hinunterrutschend lag er still, der Speer ragte in seiner ganzen Länge über ihn hinaus, wie ein schrecklicher Stiel, der aus einem Rücken herauswächst.

Das Mädchen starrte ihn in morbider Faszination an, bis Khemsa ihren Arm nahm und sie durch das Tor führte. Fackeln erhellten einen schmalen Raum zwischen der äußeren und einer unteren inneren Mauer, in der in regelmäßigen Abständen gewölbte Türen standen. Ein Krieger schritt durch diese Einfriedung, und als sich das Tor öffnete, schlenderte er hinauf, so sicher in seinem Wissen um die Stärke des Gefängnisses, dass er nicht misstrauisch wurde, bis Khemsa und das Mädchen aus dem Torbogen herauskamen. Dann war es zu spät. Der Rakhsha verlor keine Zeit mit Hypnose, obwohl seine Handlung für das Mädchen nach Magie schmeckte. Der Wächter senkte bedrohlich seinen Speer und öffnete seinen Mund, um Alarm zu rufen, der die Speerträger an beiden Enden der Gasse aus den Wachträumen herausscheuchen würde. Khemsa schnippte den Speer mit der linken Hand zur Seite, wie ein Mann einen Strohhalm schnippen könnte, und seine Rechte schlug aus und zurück, als ob sie den Hals des Kriegers im Vorübergehen sanft streicheln würde. Und der Wächter warf sich geräuschlos auf sein Gesicht, sein Kopf räkelte sich auf einem gebrochenen Hals.

Khemsa sah ihn nicht an, sondern ging direkt zu einer der bogenförmigen Türen und legte seine offene Hand gegen das schwere Bronzeschloss. Mit einem zerreißenden Schaudern wölbte sich das Portal nach innen. Als das Mädchen ihm folgte, sah sie, dass das dicke Teakholz in Splittern hing, die Bronzebolzen verbogen, aus ihren Fassungen herausgedreht und die großen Scharniere gebrochen und abgetrennt waren. Ein tausend Pfund schwerer Rammbock mit vierzig Mann, um ihn zu schwingen, hätte die Barriere nicht vollkommener zertrümmern können. Khemsa war berauscht von der Freiheit und der Ausübung seiner Macht, er pries seine Macht und schleuderte seine Kraft umher, wie ein junger Riese seine Kräfte mit unnötigem Elan im jubelnden Stolz seines Könnens ausübt.

Die zerbrochene Tür führte sie in einen kleinen Hof, der von einer Feuerschale beleuchtet wurde. Gegenüber der Tür befand sich ein breites Gitter aus Eisenstangen. Eine behaarte Hand war zu sehen, die eine dieser Stangen umklammerte, und in der Dunkelheit dahinter schimmerte das Weiß der Augen.

Khemsa verharrte stumm in einem Raum und blickte in die Schatten, aus denen diese funkelnden Augen seinen Blick mit brennender Intensität zurückgaben. Dann ging seine Hand in sein Gewand und kam wieder heraus, und aus seinen sich öffnenden Fingern strömte eine schimmernde Staubwolke zu den Fliesen. Sofort erhellte ein grüner Feuerschein das Gemäuer. In dem kurzen grellen Licht wurden die Gestalten von sieben Männern, die bewegungslos hinter den Gittern standen, in lebhaften Details abgebildet; große, behaarte Männer in zerlumpten Gewändern von Bergbewohnern. Sie sprachen nicht, aber in ihren Augen glühte die Angst vor dem Tod, und ihre behaarten Finger griffen nach den Gittern.

Das Feuer erlosch, aber die Glut blieb, ein zitternder Ball aus züngelndem Grün, der auf den Fliesen vor Khemsas Füßen pulsierte und schimmerte. Der geweitete Blick der Stammesangehörigen war auf diesen Ball gerichtet. Der Ball schwankte, streckte sich; er verwandelte sich in einen leuchtenden grünen Rauch, der sich spiralförmig aufwärts bewegte. Er drehte und wand sich wie eine große schattenhafte Schlange, dann verbreitete er sich und wölbte sich in leuchtenden Falten und Wirbeln empor. Er wuchs zu einer Wolke heran, die sich lautlos über die Fliesen bewegte - geradewegs auf die Gitter zu. Die Männer verfolgten ihr Kommen mit geweiteten Augen; die Gitterstäbe zitterten im Griff ihrer verzweifelten Finger. Die bärtigen Lippen teilten sich, aber es kam kein Ton heraus. Die grüne Wolke wälzte sich um die Gitterstäbe und machte sie unsichtbar; wie ein Nebel sickerte sie durch das Gitter und verbarg die Männer darin. Aus den umhüllenden Wolken kam ein ersticktes Keuchen, als ob jemand plötzlich unter die Wasseroberfläche getaucht würde. Das war alles.

Khemsa berührte den Arm des Mädchens, als sie mit geöffneten Lippen und geweiteten Augen dastand. Mechanisch drehte sie sich mit ihm weg und schaute über die Schulter zurück. Der Nebel wurde bereits dünner; nahe den Stäben sah sie ein Paar Sandalenfüße, die Zehen drehten sich nach oben - sie erblickte die undeutlichen Umrisse von sieben ruhigen, auf dem Boden liegenden Gestalten.

"Und nun ein Pferd, das schneller ist als das schnellste Pferd, das je in einem sterblichen Stall gezüchtet wurde", sagte Khemsa. "Wir werden vor dem Morgengrauen in Afghanistan sein.

4 Eine Begegnung auf dem Pass

Yasmina Devi konnte sich nicht genau an die Einzelheiten ihrer Entführung erinnern. Das Unerwartete und die Gewalt verblüfften sie; sie hatte nur den verwirrenden Eindruck eines Strudels von Ereignissen - der schreckliche Griff eines mächtigen Arms, die glühenden Augen ihres Entführers und sein heißer Atem, der auf ihrem Fleisch brannte. Der Sprung durch das Fenster zur Brüstung, der wahnsinnige Wettlauf über Zinnen und Dächer, als die Angst vor dem Sturz sie erstarren ließ, der rücksichtslose Abstieg an einem Seil, das an eine Zinne gebunden war - er stürzte fast im Laufschritt hinunter, seine Gefangene lag schlaff gebogen über seiner kräftigen Schulter - all das war ein konfuses Durcheinander in den Gedanken der Devi. Sie behielt eine lebhaftere Erinnerung an ihn, als er flink durch den Schatten der Bäume rannte, sie wie ein Kind trug und sich in den Sattel eines wilden Bhalkhana-Hengstes schwang, der sich aufrichtete und schnaubte. Dann erlebte sie ein Gefühl des Fliegens, und die rasenden Hufe schlugen Funken aus der Feuersteinstraße, als der Hengst die Hänge hinauffegte.

Als sich der Verstand des Mädchens klärte, waren ihre ersten Empfindungen heftige Wut und Scham. Sie war entsetzt. Die Herrscher der goldenen Königreiche südlich der Himelianer wurden für ziemlich göttlich angesehen; und sie war die Devi von Vendhya! Der Schrecken war in königlichen Zorn getaucht. Sie schrie wütend auf und begann zu kämpfen. Sie, Yasmina, sollte auf dem Sattelbogen eines Berghäuptlings mitgeführt werden, wie eine gewöhnliche Hure auf dem Marktplatz! Er verhärtete lediglich seine massiven Muskeln etwas gegen ihre Verwindungen, und zum ersten Mal in ihrem Leben erlebte sie den Zwang einer überlegenen physischen Kraft. Seine Arme fühlten sich wie

Eisen um ihre schlanken Glieder an. Er blickte zu ihr hinunter und grinste gewaltig. Seine Zähne schimmerten weiß im Sternenlicht. Die Zügel lagen locker auf der fließenden Mähne des Hengstes, und jedes Tau und jede Faser des großen Tieres spannte sich an, als er auf dem mit Steinen übersäten Pfad entlang raste. Aber Conan saß leicht, fast unachtsam, im Sattel und ritt wie ein Zentaur.

Sie keuchte und zitterte unter der Wirkung von Scham, Wut und der Erkenntnis der Hilflosigkeit. "Du wagst es, du wagst es! Dein Leben soll dafür bezahlen! Wo bringst du mich hin?"

"In die Dörfer Afghanistans", antwortete er und warf ihr einen Blick über die Schulter zu.

Hinter ihnen, jenseits der Hänge, die sie durchquert hatten, waren Fackeln an den Mauern der Festung angebracht, und er erblickte einen Lichtstrahl, der bedeutete, dass das große Tor geöffnet worden war. Und er lachte, ein tiefkehliger, böiger Donner, wie der Bergwind.

"Der Gouverneur hat seine Reiter nach uns geschickt", lachte er. "Bei Crom, wir werden ihm eine fröhliche Verfolgungsjagd bieten! Was meinst du, Devi - werden sie sieben Leben für eine Kshatriya-Prinzessin bezahlen?

"Sie werden eine Armee schicken, um dich und deine Teufelsbrut zu hängen", versprach sie ihm mit Überzeugung.

Er lachte stürmisch und schob sie in eine bequemere Position in seine Arme. Aber sie empfand dies als erneute Empörung und erneuerte ihren vergeblichen Kampf, bis sie sah, dass ihre Bemühungen ihn nur amüsierten. Außerdem wurden ihre leichten, seidenen Gewänder, die im Wind flatterten, durch ihre Kämpfe unverschämt durcheinandergebracht. Sie kam zu dem Schluss, dass eine verächtliche Unterwerfung der bessere Teil der Würde sei, und verfiel in eine schwelende Ruhe.

Sie fühlte sogar ihren Zorn in Ehrfurcht versinken, als sie die Passhöhe erreichten und wie ein schwarzer Brunnenschacht in die dunklen Mauern eintauchten, die sich wie kolossale Wälle erhoben, um ihnen den Weg zu versperren. Es war, als hätte ein gigantisches Messer die Zhaibar aus Wänden soliden Gesteins herausgeschnitten. Auf beiden Seiten ragten über Tausende von Metern steile Hänge empor, und die Passhöhe war dunkel wie der Hass. Selbst Conan konnte nicht genau sehen, aber er kannte den Weg, selbst bei Nacht. Und da er wusste, dass bewaffnete Männer im Sternenlicht hinter ihm herliefen, kontrollierte er nicht die Geschwindigkeit des Hengstes. Der große Grobian zeigte noch keine Müdigkeit. Er donnerte die Straße entlang, die der Talsohle folgte, arbeitete sich einen Hang hinauf, fegte über einen niedrigen Grat, auf dem auf beiden Seiten tückischer Schiefer auf die Unvorsichtigen lauerte, und stieß auf eine Fährte, die dem Schoß der linken Wand folgte.

Nicht einmal Conan konnte in dieser Dunkelheit einen Hinterhalt von Stammesangehörigen der Zhaibar ausspähen. Als sie an der schwarzen Mündung einer Schlucht, die sich zum Pass hin öffnete, vorbeizogen, schoss ein Speer durch die Luft und stieß hinter der angespannten Schulter des Hengstes ins Ziel. Das große Tier gab mit schauderndem Schluchzer sein Leben hin und stolperte, wobei es kopfüber in der Mitte des Weges stürzte. Aber Conan hatte den Flug und den Stoß des Speers erkannt, und er handelte mit Federstahlschnelligkeit.

Als das Pferd fiel, sprang er frei und hielt das Mädchen hoch, um es vor aufschlagenden Felsbrocken zu schützen. Er sprang wie eine Katze auf die Beine, drückte sie in eine Felsspalte und raste in die äußerste Dunkelheit und zog sein Messer.

Yasmina, verwirrt von der Schnelligkeit der Ereignisse, nicht ganz sicher, was genau geschehen war, sah eine vage

Gestalt aus der Dunkelheit herausstürzen, nackte Füße sanft auf den Felsen schlagend, zerlumpte Kleider, die im Wind seiner Eile peitschend auftraten. Sie sah das Flackern des Stahls, hörte den hellen Schlag, das Parieren und den Gegenschlag und das Knirschen der Knochen, als Conans langes Messer den Schädel des anderen spaltete.

Conan sprang zurück und kauerte im Schutz der Felsen. Draußen in der Nacht bewegten sich die Männer und eine Stentorstimme brüllte: "Was ist, ihr Hunde! Zuckt ihr zusammen? Hinein, verflucht seid ihr, und ergreift sie!"

Conan startete, blickte in die Dunkelheit und hob seine Stimme an.

"Yar Afzal! Bist du es?"

Es ertönte eine erschreckte Verwünschung, und die Stimme rief vorsichtig.

"Conan? Bist du es, Conan?".

"Ja!", lachte der Kimmerier. "Komm heraus, du alter Kriegshund. Ich habe einen deiner Männer getötet."

Es bewegte sich zwischen den Felsen, ein Licht flackerte schwach auf, und dann erschien eine Flamme, die auf ihn zukam, und als sie sich näherte, wuchs aus der Dunkelheit ein wildes bärtiges Antlitz. Der Mann, der sie trug, hielt sie hoch, drängte nach vorne und drehte seinen Hals umher, um zwischen den beleuchteten Felsbrocken zu spähen; die andere Hand ergriff einen großen gebogenen Tulwar. Conan trat vor, steckte sein Messer in die Scheide, und der andere brüllte einen Gruß.

"Ja, es ist Conan! Kommt aus euren Felsen heraus, Hunde! Es ist Conan!"

Andere drängten sich in den schwankenden Kreis von hell-wilden, zerlumpten, bärtigen Männern, mit wölfischen Augen und langen Klingen in den Fäusten. Sie sahen Yasmina nicht, denn sie war durch Conans massiven Körper verborgen. Aber als sie aus ihrem Versteck spähte, spürte

36

sie zum ersten Mal in dieser Nacht eisige Angst. Diese Männer glichen eher Wölfen als Menschen.

"Was jagst du nachts in der Zhaibar, Yar Afzal?", wollte Conan von dem stämmigen Häuptling wissen, der wie ein bärtiger Ghul grinste.

"Wer weiß, was nach Einbruch der Dunkelheit den Pass hinaufkommen könnte? Wir Wazulis sind Nachtschwärmer. Aber was ist mit dir, Conan?"

"Ich habe einen Gefangenen", antwortete der Kimmerier. Und als er zur Seite ging, enthüllte er das kauernde Mädchen. Er streckte seinen langen Arm in den Spalt und zog sie zitternd hervor.

Ihre herrische Haltung war verschwunden. Sie starrte zaghaft auf den Kreis bärtiger Gesichter, der sie umgab, und war dankbar für den starken Arm, der sie besitzergreifend umklammerte. Die Fackel wurde nahe an sie herangeführt, und um den Kreis herum war ein saugender Atemzug zu spüren.

"Sie ist meine Gefangene", warnte Conan und blickte spitz zu den Füßen des Mannes, den er getötet hatte, gerade noch sichtbar innerhalb des Lichtringes. "Ich wollte sie nach Afghanistan bringen, aber jetzt habt ihr mein Pferd erschlagen, und die Kshatriyas sind dicht hinter mir."

"Komm mit uns in mein Dorf", schlug Yar Afzal vor. "Wir haben Pferde in der Schlucht versteckt. Sie können uns in der Dunkelheit nicht folgen. Sie sind dicht hinter dir, sagst du?"

"So nah, dass ich jetzt das Klirren ihrer Hufe auf den Feuerstein höre", antwortete Conan grimmig.

Sofort gab es Bewegung; die Fackel wurde ausgeblasen, und die zerlumpten Gestalten schmolzen wie Phantome in der Dunkelheit. Conan schwang die Devi in die Arme, und sie leistete keinen Widerstand. Der felsige Boden schmerzte ihren schlanken Füßen in ihren weichen Pantoffeln, und sie fühlte sich sehr klein und hilflos in dieser brutalen, urzeitlichen Schwärze zwischen diesen kolossalen, nächtlichen Felswänden.

Als sie im Wind, der über die Schluchten stöhnte, fröstelte, riss Conan seinem Besitzer einen zerlumpten Umhang von den Schultern und wickelte ihn um sie. Er zischte ihr auch eine Warnung ins Ohr und befahl ihr, keinen Ton zu sagen. Sie hörte nicht das entfernte Klirren der beschlagenen Hufe auf dem Felsen, das die scharfsichtigen Bergmänner warnte; aber sie hatte viel zu viel Angst, um ungehorsam zu sein, auf jeden Fall.

Sie konnte nichts sehen, außer ein paar schwache Sterne weit oben, aber sie wusste durch die sich vertiefende Dunkelheit, dass sie in den Zugang zur Schlucht kamen. Es gab eine Unruhe um sie herum, die unruhige Bewegung der Pferde. Ein paar gemurmelte Worte, und Conan stieg auf das Pferd des Mannes, den er getötet hatte, und hob das Mädchen vor sich hoch. Wie Phantome, bis auf das Klicken ihrer Hufe, fegte die Bande die schattige Schlucht hinauf. Hinter ihnen auf dem Pfad ließen sie das tote Pferd und den toten Mann zurück, die weniger als eine halbe Stunde später von den Reitern der Festung gefunden wurden, die den Mann als einen Wazuli erkannten und ihre eigenen Schlüsse daraus zogen.

Yasmina, die sich warm in die Arme ihres Fängers schmiegte, wurde trotz allem schläfrig. Die Bewegung des Pferdes war zwar ungleichmäßig, bergauf und bergab, besaß jedoch einen gewissen Rhythmus, der ihr zusammen mit Müdigkeit und emotionaler Erschöpfung den Schlaf aufzwang. Sie hatte jegliches Gefühl für Zeit und Richtung verloren. Sie bewegten sich in weicher, dichter Dunkelheit, in der sie manchmal vage, riesige Mauern erblickte, die wie schwarze Wälle aufwärts wuchsen, oder große Felsen, die die Sterne trugen; manchmal spürte sie, wie die Tiefen unter ihnen widerhallten, oder sie fühlte den Wind schwindelerregender Höhen, der kalt um sie herumwehte. Allmählich verblassten diese Dinge in eine träumerische Wachheit, in der das Klirren der Hufe und das Knarren der Sättel wie die belanglosen Geräusche eines Traumes waren.

Sie war sich dessen vage bewusst, als die Bewegung aufhörte und sie nach unten gehoben und ein paar Schritte getragen wurde. Dann wurde sie auf etwas Weiches und Raschelndes gelegt, und etwas - ein gefalteter Mantel - wurde ihr unter den Kopf geschoben, und der Mantel, in den sie eingewickelt war, wurde sorgfältig um sie herumgezogen. Sie hörte Yar Afzal lachen.

"Ein seltener Preis, Conan; ein passender Kumpel für einen Häuptling der Afghanen".

"Nicht für mich", antwortete Conan mit einem Poltern. "Dieses Weib wird das Leben meiner sieben Häuptlinge freikaufen und ihre Seelen vernichten."

Das war das letzte, was sie hörte, als sie in traumlosen Schlummer sank.

Sie schlief, während bewaffnete Männer durch die dunklen Berge ritten, und das Schicksal der Königreiche stand auf dem Spiel. Durch die schattigen Klüfte und Schluchten klangen in dieser Nacht die Hufe galoppierender Pferde, und das Sternenlicht schimmerte auf Helmen und geschwungenen Klingen, bis die schaurigen Gestalten, die die Felsen heimsuchten, aus Schlucht und Geröll in die Dunkelheit starrten und sich fragten, was da wohl im Gange war.

Eine Schar magerer Pferde befand sich im schwarzen Schlund einer Schlucht, als die eilenden Hufe vorbeizogen. Ihr Anführer, ein gut gebauter Mann mit Helm und Mantel aus Goldgeflecht, hielt seine Hand warnend hoch, bis die Reiter weitergezogen waren. Dann lachte er leise.

"Sie müssen die Spur verloren haben! Sonst hätten sie festgestellt, dass Conan bereits die afghanischen Dörfer erreicht hat. Es wird viele Reiter brauchen, um den Bienenstock auszuräuchern. Bei Tagesanbruch werden Geschwader den Zhaibar hinaufreiten."

"Wenn in den Bergen gekämpft wird, wird es Plünderungen geben", murmelte eine Stimme hinter ihm im Dialekt der Irakzai.

"Es wird Plünderungen geben", antwortete der Mann mit dem Helm. Aber zuerst ist es unsere Aufgabe, das Tal von Gurascha zu erreichen und auf die Reiter zu warten, die von Secunderam aus vor dem Tageslicht nach Süden galoppieren werden.

Er hob die Zügel und ritt aus der Schlucht, seine Männer kamen hinter ihm her - dreißig zerlumpte Phantome im Sternenlicht.

5 Der schwarze Hengst

Die Sonne war gut aufgegangen, als Yasmina erwachte. Sie kam nicht in Gang und starrte ausdruckslos und fragte sich, wo sie war. Sie erwachte mit vollem Wissen über alles, was geschehen war. Ihre geschmeidigen Glieder waren von ihrem langen Ritt steif, und ihr festes Gewebe schien den Kontakt des muskulösen Arms, der sie bisher getragen hatte, zu spüren.

Sie lag auf einem Schafsfell, das eine Pritsche mit Blättern auf einem hart getretenen Erdboden bedeckte. Unter ihrem Kopf befand sich ein gefalteter Schafsfellmantel, und sie war in einen zerlumpten Umhang gehüllt. Sie befand sich in einem großen Raum, dessen Wände grob, aber robust aus unbehauenem Gestein gebaut und mit sonnengetrocknetem Schlamm verputzt waren. Schwere Balken trugen ein Dach derselben Art, in dem eine Falltür zu sehen war, zu der eine Leiter führte. In den dicken Wänden gab es keine Fenster, sondern nur Schießscharten. Es gab eine Tür, eine robuste Bronzetür, die von einem Grenzturm in Vendhyan geplündert worden sein musste. Gegenüber befand sich eine breite Öffnung in der Mauer, ohne Tür, aber mit mehreren starken Holzstangen. Jenseits dieser Gitter sah Yasmina einen prächtigen schwarzen Hengst, der einen Haufen getrocknetes Gras kaute. Das Gebäude war Festung, Wohnstätte und Stall in einem.

Am anderen Ende des Raumes hockte ein Mädchen in der Weste und den ausgebeulten Hosen einer Bergfrau neben einem kleinen Feuer und kochte Fleischstreifen auf einem über Steinblöcke gelegten Eisengitter. Ein paar Meter vom Boden entfernt befand sich eine rußige Spalte in der Wand, und ein Teil des Rauchs fand den Weg nach draußen. Der Rest schwebte in blauen Strähnen durch den Raum.

Das Bergmädchen blickte Yasmina über die Schulter an und zeigte ein freches, hübsches Gesicht, und dann setzte sie ihre Kochkunst fort. Draußen dröhnten die Stimmen, dann wurde die Tür aufgestoßen, und Conan trat ein. Mit dem Sonnenlicht des Morgens hinter sich sah er riesiger denn je aus, und Yasmina bemerkte einige Details, die ihr am Abend zuvor entgangen waren. Seine Kleider waren sauber und nicht zerfetzt. Der breite Gürtel der Bacharier, der das Messer in einer verzierten Scheide hielt, hätte zu den Gewändern eines Prinzen gepasst, und unter seinem Hemd schimmerte ein Glanz der feinen turanischen Rüstung.

"Deine Gefangene ist wach, Conan", sagte das Wazuli-Mädchen, und er grunzte, ging zum Feuer und wischte die Hammelfleischstreifen in eine Steinschüssel.

Das hockende Mädchen lachte ihn mit einem pikanten Scherz aus, und er grinste wölfisch und hakte eine Zehe unter ihren Lenden ein, um sie dann auf den Boden zu werfen. Sie schien sich über dieses raue Spiel zu amüsieren, aber Conan schenkte ihr keine Beachtung mehr. Er brachte ein großes Stück Brot von irgendwo her, mit einem Kupferkrug Wein, und trug es zu Yasmina, die sich von ihrer Pritsche erhoben hatte und ihn zweifelnd ansah.

"Das ist zwar ein hartes Stück Brot für ein Devi-Mädchen, aber unser bestes", grunzte er. "Das wird zumindest deinen Bauch füllen."

Er stellte die Schüssel auf den Boden, und sie bemerkte plötzlich einen Heißhunger. Ohne einen Kommentar abzugeben, setzte sie sich im Schneidersitz auf den Boden, nahm die Schüssel auf ihren Schoß und begann zu essen, wobei sie ihre Finger benutzte, die alles waren, was ihr an Tischgeschirr zur Verfügung stand. Schließlich ist die Anpassungsfähigkeit eine der Prüfungen der wahren Aristokratie. Conan stand auf und schaute auf sie herab, die Daumen in seinen Gürtel eingehakt. Er saß nie im Schneider-sitz, nach der östlichen Mode.

Sie fragte abrupt: "Wo bin ich?"

"In der Hütte von Yar Afzal, dem Häuptling der Khu-rum Wazulis", antwortete er. Afghanistan liegt viele Kilo-meter weiter westlich. Wir werden uns hier eine Weile ver-stecken. Die Kshatriyas sind dabei, die Berge zu erobern, obwohl mehrere ihrer Truppen bereits von den Stämmen vernichtet worden sind.

"Was werdet Ihr tun?", fragte sie.

"Ich behalte dich so lange, bis Chunder Shan bereit ist, meine sieben Kuh-Diebe zurückzugeben", grunzte er. "Die Frauen der Wazulis quetschen Tinte aus den Shoki-Blät-tern, und nach einer Weile kannst du einen Brief an den Gouverneur schreiben."

Ein Hauch ihres alten Zorns erschütterte sie, als sie dachte, wie verrückt ihre Pläne fehlgeschlagen waren, und sie von genau dem Mann gefangen gehalten wurde, von dem sie sich vorgenommen hatte, in ihre Gewalt zu brin-gen. Sie warf die Schüssel mit den Überresten ihrer Mahl-zeit hinunter und sprang wutentbrannt auf ihre Füße.

"Ich werde keinen Brief schreiben! Wenn Sie mich nicht zurückbringen, werden Ihre sieben Männer gehängt, und noch tausend mehr!"

Das Wazuli-Mädchen lachte spöttisch, Conan blickte finster drein, und dann öffnete sich die Tür, und Yar Afzal stürmte herein. Der Wazuli-Häuptling war so groß wie Co-nan und von größerem Umfang, aber er sah neben der har-ten Kompaktheit des Kimmeriers dick und langsam aus. Er zupfte an seinem rotgefärbten Bart und starrte das Wazuli-Mädchen bedeutungsvoll an, und dieses Mädchen erhob sich und huschte unverzüglich hinaus. Dann drehte sich Yar Afzal zu seinem Gast um.

"Das verdammte Volk murrt, Conan", sagte er. "Sie wollen, dass ich dich ermorde und das Mädchen gegen Lösegeld festhalte. Sie sagen, dass jeder an ihrer Kleidung erkennen kann, dass sie eine edle Dame ist. Sie sagen, warum sollten die afghanischen Hunde von ihr profitieren, wenn es die Menschen sind, die das Risiko eingehen, sie zu bewachen?"

"Leih mir dein Pferd", sagte Conan. "Ich nehme sie und gehe."

"Pish!" dröhnte Yar Afzal. "Denkst du, ich kann nicht mit meinen eigenen Leuten umgehen? Ich lasse sie in ihren Hemden tanzen, wenn sie mir in die Quere kommen! Sie lieben dich nicht - oder irgendeinen anderen Fremden - aber du hast mir einmal das Leben gerettet, und ich werde es nicht vergessen. Aber komm raus, Conan, ein Kundschafter ist zurückgekehrt".

Conan spannte seinen Gürtel fest und folgte dem Häuptling nach draußen. Sie schlossen die Tür hinter sich, und Yasmina spähte durch ein Schlupfloch. Sie blickte auf einen ebenen Platz vor der Hütte. Am hinteren Ende dieses Platzes befand sich eine Ansammlung von Lehm und Steinhütten, und sie sah nackte Kinder, die zwischen den Steinen spielten, und die schlanken, aufrechten Frauen der Berggebiete, die ihren Aufgaben nachgingen.

Unmittelbar vor der Häuptlingshütte hockte eine Gruppe von zotteligen, zerlumpten Männern, der Tür zugewandt. Conan und Yar Afzal standen ein paar Schritte vor der Tür, und zwischen ihnen und dem Kriegerring saß ein weiterer Mann im Schneidersitz. Dieser wandte sich mit dem rauen Akzent der Wazuli, den Yasmina kaum verstehen konnte, obwohl sie im Rahmen ihrer königlichen Erziehung in den Sprachen Iranistans und in den verwandten Sprachen Ghulistans unterrichtet worden war, an seinen Häuptling.

"Ich habe mit einem Dagozai gesprochen, der die Reiter gestern Abend gesehen hat", sagte der Kundschafter. "Er lauerte in der Nähe, als sie zu der Stelle kamen, wo wir dem Fürsten Conan auflauerten. Er hörte ihre Worte. Chunder Shan war bei ihnen. Sie fanden das tote Pferd, und einer der Männer erkannte es als das von Conan. Dann fanden sie den Mann, den Conan getötet hatte, und erkannten ihn als Wazuli. Es schien ihnen, dass Conan getötet und das Mädchen von den Wazuli entführt worden war; deshalb wandten sie sich von ihrem Vorhaben ab, ihren Weg in Richtung Afghanistan zu nehmen. Aber sie wussten nicht, aus welchem Dorf der Tote kam, und wir hatten keine Spur hinterlassen, der jemand von der Kschatriya folgen könnte."

"Also ritten sie zum nächsten Dorf der Wazuli, dem Dorf Jugra, und verbrannten es und töteten viele der Menschen. Aber die Männer von Khojur kamen in der Dunkelheit über sie und erschlugen einige von ihnen und verwundeten den Gouverneur. So zogen sich die Überlebenden in der Dunkelheit vor der Morgendämmerung in die Zhaibar zurück, aber sie kehrten vor Sonnenaufgang mit Verstärkung zurück, und den ganzen Morgen über gab es Scharmützel und Kämpfe in den Bergen. Es wird gesagt, dass eine große Armee aufgestellt wird, um die Anhöhen um den Zhaibar zu durchkämmen. Die Stämme schärfen ihre Messer und legen in jedem Pass von hier bis zum Gurascha-Tal Hinterhalte. Außerdem ist Kerim Shah in die Berge zurückgekehrt."

Ein Grunzen ging durch den Kreis, und Yasmina lehnte sich näher an das Schlitzloch bei dem Namen, dem sie zu misstrauen begann.

"Wo ist er hin?", fragte Yar Afzal.

"Die Dagozai wussten es nicht; bei ihm waren dreißig Irakzai aus den unteren Dörfern. Sie ritten in die Berge und verschwanden."

"Diese Irakzai sind Schakale, die einem Löwen auf der Suche nach Krümeln folgen", knurrte Yar Afzal. "Sie haben die Münzen, die Kerim Shah unter den Grenzstämmen verteilt, gesammelt, um Männer wie Pferde zu kaufen. Ich mag ihn nicht, denn er ist unser Vetter aus Iranistan".

"Er ist nicht einmal das", sagte Conan. Ich kenne ihn von früher. Er ist ein Hyrkanier, ein Spion der Yezdigerd. Wenn ich ihn erwische, hänge ich sein Fell an eine Tamariske."

"Aber die Kshatriyas!", schrien die Männer im Halbkreis. "Sollen wir uns auf die Hintern hocken, bis sie uns ausräuchern? Sie werden endlich erfahren, in welchem Wazuli-Dorf das Weib festgehalten wird. Wir werden von den Zhaibari nicht geliebt; sie werden den Kshatriyas helfen, uns zu jagen."

"Lass sie kommen", grunzte Yar Afzal. "Wir können die Schurken in Schach halten."

Einer der Männer sprang auf und schüttelte Conan die Faust entgegen.

"Sollen wir alle Risiken eingehen, während er die Belohnung erntet?", heulte er. "Sollen wir seine Kämpfe für ihn austragen?"

Mit einem Schritt erreichte Conan ihn und beugte sich leicht vor, um voll in sein behaartes Gesicht zu starren. Der Kimmerier hatte sein langes Messer nicht gezogen, aber seine linke Hand ergriff die Scheide und streckte das Heft suggestiv nach vorne.

"Ich bitte niemanden, meine Kämpfe zu führen", sagte er leise. "Zieh deine Klinge, wenn du es wagst, du kläffender Hund!"

Die Wazuli wich zurück und knurrte wie eine Katze.

"Wagen es, mich zu berühren, und hier sind fünfzig Männer, die dich in Stücke reißen werden!", kreischte er.

"Was!", brüllte Yar Afzal, sein Gesicht schillerte vor Zorn. Seine Schnurrbarthaare sträubten sich, sein Bauch schwoll vor Wut an. "Bist du der Anführer von Khurum? Nehmen die Wazulis Befehle von Yar Afzal oder von einem niederen Köter entgegen?"

Der Mann krümmte sich vor seinem unbesiegbaren Häuptling, und Yar Afzal schritt auf ihn zu, packte ihn an der Kehle und würgte ihn, bis sein Gesicht schwarz wurde. Dann schleuderte er den Mann brutal gegen den Boden und stellte sich mit dem Tulwar in der Hand auf ihn.

"Gibt es jemanden, der meine Autorität infrage stellt?", brüllte er, und seine Krieger schauten mürrisch nach unten, als sein kriegerischer Blick über ihren Halbkreis flog. Yar Afzal grunzte verächtlich und umhüllte seine Waffe mit einer Geste, die den Höhepunkt der Beleidigung darstellte. Dann trat er den gefallenen Agitator mit einer konzentrierten Rachsucht, die sein Opfer zum Heulen brachte.

"Geh ins Tal zu den Beobachtern auf der Höhe und melde, wenn sie etwas gesehen haben", befahl Yar Afzal, und der Mann ging, zitterte vor Angst und knirschte mit den Zähnen vor Wut.

Yar Afzal setzte sich dann schwerfällig auf einen Stein und knurrte in seinem Bart. Conan stand neben ihm, die Beine gespreizt, die Daumen in seinem Gürtel eingehakt, und beobachtete die versammelten Krieger eng. Sie starrten ihn mürrisch an und wagten es nicht, Yar Afzals Wut zu trotzen, sondern hassten den Ausländer, wie nur ein Hinterwäldler hassen kann.

"Hört mir zu, ihr Söhne namenloser Hunde, während ich euch erzähle, was der Fürst Conan und ich geplant haben, um die Kschatriyas zu täuschen." Das Dröhnen von Yar Afzals stierartiger Stimme folgte dem unbeherrschten Krieger, als er sich von der Versammlung wegschlich.

Der Mann ging an der Gruppe von Hütten vorbei, in denen Frauen, die seine Niederlage gesehen hatten, ihn auslachten und beißende Bemerkungen riefen, und eilte auf dem Pfad, der sich zwischen den Felsen und Felsvorsprüngen in Richtung des Talschlusses wand, weiter.

Gerade als er die erste Kurve, die ihn aus dem Blickfeld des Dorfes brachte, umrundete, blieb er kurz stehen und glotzte dumm drein. Er hatte es nicht für möglich gehalten, dass ein Fremder das Tal von Khurum betreten könnte, ohne von den falkenäugigen Wächtern entlang der Höhen entdeckt zu werden; dennoch saß ein Mann im Schneidersitz auf einem niedrigen Felsvorsprung neben dem Pfad - ein Mann in einem Kamelhaargewand und mit einem grünen Turban.

Der Mund des Wazuli klaffte nach einem Schrei, und seine Hand sprang zu seinem Messergriff. Doch in diesem Augenblick trafen seine Augen auf die des Fremden, und der Schrei verstummte in seiner Kehle, seine Finger wurden schlaff. Er stand wie eine Statue, seine eigenen Augen wurden glasig und leer.

Minutenlang blieb die Szene regungslos; dann zeichnete der Mann auf dem Sims mit dem Zeigefinger ein kryptisches Symbol in den Staub auf den Felsen. Die Wazuli sahen nicht, dass er etwas in den Bereich dieses Emblems legte, aber in diesem Moment schimmerte etwas dort - eine runde, glänzende schwarze Kugel, die wie polierte Jade aussah. Der Mann mit dem grünen Turban nahm sie auf und warf sie dem Wazuli zu, der sie mechanisch auffing.

"Bring das Yar Afzal", sagte er, und der Wazuli drehte sich wie ein Automat und ging den Weg zurück, wobei er die schwarze Jadekugel in seiner ausgestreckten Hand hielt. Er wandte nicht einmal seinen Kopf dem neuerlichen Hohn der Frauen zu, als er an den Hütten vorbeikam. Er schien nichts zu hören.

Der Mann auf der Felskante blickte ihm mit einem kryptischen Lächeln nach. Der Kopf eines Mädchens erhob sich über den Rand des Simses, und sie schaute ihn mit Bewunderung und einem Hauch von Angst nach, der in der Nacht zuvor nicht vorhanden gewesen war.

"Warum hast du das getan?", fragte sie.

Er fuhr mit den Fingern streichelnd durch ihre dunklen Locken.

"Ist dir immer noch schwindlig von deinem Ritt auf dem Flugpferd, dass du an meiner Weisheit zweifelst", lachte er. "Solange Yar Afzal lebt, wird Conan sicher unter den Wazuli-Kämpfern wohnen. Ihre Messer sind scharf, und es gibt viele von ihnen. Was ich vorhabe, wird selbst für mich sicherer sein, als zu versuchen, ihn zu töten und sie aus ihrer Mitte zu holen. Man braucht keinen Zauberer, um vorherzusagen, was die Wazulis tun werden und was Conan tun wird, wenn mein Opfer den Globus von Yezud an den Häuptling von Khurum übergibt".

Zurück vor der Hütte hielt Yar Afzal inmitten einer Tirade inne, überrascht und verärgert, als er den Mann, den er ins Tal geschickt hatte, sah, wie er sich durch die Menge drängte.

Der Häuptling brüllte: "Ich fordere dich auf, zu den Wächtern zu gehen! Du hattest keine Zeit, von ihnen zu kommen."

Der andere antwortete nicht; er stand hölzern und starrte dem Häuptling leer ins Gesicht, die Handfläche ausgestreckt, die die Jadekugel hielt. Conan sah Yar Afzal über die Schulter, murmelte etwas und griff nach dem Arm des Häuptlings, aber während er dies tat, schlug Yar Afzal in einem Anfall von Wut mit der geballten Faust auf den Mann ein und schlug ihn wie einen Ochsen. Als er fiel, rollte die Jadekugel zu Yar Afzals Fuß, und der Häuptling, der sie offensichtlich noch nie zuvor gesehen hatte, beugte sich vor und hob sie auf. Die Männer starrten verwirrt ihren besinnungslosen Kameraden an und sahen, wie sich ihr Häuptling beugte, aber sie sahen nicht, was er vom Boden aufhob.

Yar Afzal richtete sich auf, blickte auf die Jade und machte eine Bewegung, um sie in seinen Gürtel zu stecken.

"Tragt den Narren in seine Hütte", knurrte er. Er hat das Aussehen eines Lotus-Fressers. Er gab mir einen leeren Blick zurück. Igitt!"

In seiner rechten Hand, die sich auf seinen Gürtel zubewegte, hatte er plötzlich eine Bewegung gespürt, wo keine Bewegung sein sollte. Seine Stimme verstummte, als er stehen blieb und ins Leere starrte; und in seiner geballten rechten Faust spürte er das Beben der Veränderung, der Bewegung und des Lebens. Er hielt keine glatte, glänzende Kugel mehr in seinen Fingern. Und er wagte nicht zu schauen; seine Zunge wölbte sich bis zum Gaumen, und er konnte seine Hand nicht mehr öffnen. Seine erstaunten Krieger sahen Yar Afzals Augen sich aufblähen, die Farbe verblasste aus seinem Gesicht. Dann brach plötzlich ein Schrei der Qual aus seinen bärtigen Lippen hervor; er schwankte und fiel wie vom Blitz getroffen, sein rechter Arm wurde direkt vor ihn geworfen. Mit dem Gesicht nach unten lag er, und zwischen seinen sich öffnenden Fingern kroch eine Spinne hervor - ein scheußliches, schwarzes, haariges Monster, dessen Körper wie schwarze Jade glänzte. Die Männer schrien und wichen plötzlich zurück, und die Kreatur kroch in eine Felsspalte und verschwand.

Die Krieger sprangen auf, starrten wild um sich und eine Stimme erhob sich über dem Geschrei, eine weit tragende Befehlsstimme, die von niemandem kam. Später leugnete jeder Mann dort - der noch lebte -, dass er geschrien hätte, aber alle dort hörten es.

"Yar Afzal ist tot! Tötet den Fremden!"

Dieser Schrei konzentrierte ihre wirbelnden Gedanken als Einheit. Zweifel, Fassungslosigkeit und Angst verschwanden in der aufbrausenden Welle der Blutgier. Ein wütender Schrei zerriss den Himmel, als die Stammesangehörigen sofort auf den Vorschlag reagierten. Sie kamen kopfüber über den freien Platz, die Mäntel flatterten, die Augen glühten, die Messer wurden gehoben.

Conans Aktion war so schnell wie die ihre. Als die Stimme schrie, sprang er zur Hüttentür. Aber sie waren näher an ihm dran als er an der Tür, und mit einem Fuß auf der Türschwelle musste er den Schlag einer meterlangen Klinge abwehren und parieren. Er spaltete den Schädel des Mannes - er zog ein weiteres schwingendes Messer und weidete den Schwinger aus -, schlug einen Mann mit der linken Faust und stach einen anderen in den Bauch - und hieb mit den Schultern mächtig gegen die geschlossene Tür -. Die Hackmesser schlugen Späne aus den Pfosten heraus, die um seine Ohren flogen, die Tür öffnete sich unter dem Aufprall seiner Schultern, und er stolperte rückwärts in den Raum. Ein bärtiger Stammesangehöriger, der mit seiner ganzen Wut zuschlug, als Conan zurücksprang, ging zu weit und stürzte kopfüber durch die Türöffnung. Conan blieb stehen, ergriff die lockere Kleidung, zerrte ihn aus dem Weg und schlug den Männern, die in den Raum stürmten, die Tür vor der Nase zu. Unter dem Aufprall rissen die Knochen, und im nächsten Moment schlug Conan die Riegel zu und wirbelte in rasender Eile dem Mann entgegen, der wie ein Verrückter vom Boden sprang und in Aktion trat.

Yasmina kauerte in einer Ecke und starrte entsetzt, als die beiden Männer quer durch den Raum hin und her kämpften und sie manchmal fast niedertraten; das Blitzen und Klirren ihrer Klingen erfüllte den Raum, und draußen schrie der Mob wie ein Wolfsrudel, hackte ohrenbetäubend mit ihren langen Messern auf die Bronzetür und schleuderte riesige Steine dagegen. Jemand holte einen Baumstamm, und die Tür begann unter dem tosenden Angriff zu wanken. Yasmina hielt sich die Ohren zu und starrte wild umher. Gewalt und Wut im Innern, katastrophaler Irrsinn im Äußeren. Der Hengst in seinem Stall wieherte und bäumte sich auf, donnerte mit den Fersen gegen die Wände. Er rollte und stieß seine Hufe durch die Gitterstäbe, als der Stammesangehörige, der sich von Conans mörderischen Schlägen zurückzog, dagegen stolperte. Seine Wirbelsäule zerbrach an drei Stellen wie ein verfaulter Ast, und er wurde kopfüber gegen den Kimmerier geschleudert, wobei er ihn auf dem Rücken traf, so dass beide auf den unebenen Boden stürzten.

Yasmina schrie und rannte vorwärts; ihrem verwirrten Blick schien es, dass beide erschlagen seien. Sie erreichte die beiden, gerade als Conan die Leiche zur Seite warf und sich erhob. Sie erwischte seinen Arm und zitterte von Kopf bis Fuß.

"Oh, du lebst! Ich dachte, ich dachte, du wärst tot!"

Er blickte schnell zu ihr hinunter, in das blasse, nach oben gewandte Gesicht und die weit starrenden, dunklen Augen.

"Warum zitterst du?", fragte er. "Was kümmert es dich, ob ich lebe oder sterbe?

Ein Rest ihrer Haltung kehrte zu ihr zurück, und sie zog sich zurück und machte einen ziemlich erbärmlichen Versuch, die Devi zu spielen.

"Du bist den Wölfen, die ohne dich heulen, vorzuziehen", antwortete sie und deutete auf die Tür, deren steinerne Schwelle zu zerbersten begann.

"Die wird nicht lange halten", murmelte er, drehte sich dann um und ging schnell zum Stall des Hengstes.

Yasmina presste die Hände zusammen und holte Luft, als sie sah, wie er die gesplitterten Stäbe wegriss und zu dem rasenden Tier in den Stall ging. Der Hengst bäumte sich über ihm auf, er wimmerte furchtbar, die Hufe hoben sich, Augen und Zähne blitzten und die Ohren legten sich zurück, aber Conan sprang und fing seine Mähne mit einer schier unmöglichen Kraftanstrengung auf und zog das Tier auf seinen Vorderbeinen nach unten. Das Ross schnaubte und bebte, stand aber still, während der Mann ihn zügelte und auf den goldgearbeiteten Sattel mit den breiten silbernen Steigbügeln klopfte.

Als Conan das Tier im Stall wendete, rief er schnell nach Yasmina, und das Mädchen kam, schlängelte sich nervös an den Fersen des Hengstes vorbei. Conan arbeitete an der Steinmauer und redete schnell, während er arbeitete.

"Hier ist eine geheime Tür in der Mauer, von der nicht einmal die Wazuli wissen. Yar Afzal zeigte sie mir einmal, als er betrunken war. Sie öffnet sich in die Einmündung zur Schlucht hinter der Hütte. Ha!".

Als er an einem scheinbar beiläufigen Vorsprung zupfte, rutschte ein ganzer Abschnitt der Wand auf geölten Eisenkufen zurück. Beim Durchschauen sah das Mädchen eine schmale Öffnung in einer steilen Felsklippe, die nur wenige Meter von der Hüttenrückwand entfernt war. Dann sprang Conan in den Sattel und zog sie vor sich herauf. Hinter ihnen stöhnte die große Tür wie ein lebendes Wesen und stürzte hinein, und ein Schrei hallte zum Himmel, als der Eingang sofort von behaarten Gesichtern und Messern in behaarten Fäusten überflutet wurde. Und dann ging der große Hengst wie ein Wurfgeschoss durch die Wand und donnerte in die Schlucht, wobei Schaum von den Gebissringen herabfiel.

Dieser Schachzug war für die Wazulis eine absolute Überraschung. Es war auch eine Überraschung für diejenigen, die die Schlucht herabstiegen. Es geschah so schnell - der hurrikanartige Angriff des großen Pferdes - dass ein Mann mit grünem Turban nicht ausweichen konnte. Er ging unter den rasenden Hufen zu Boden, und ein Mädchen schrie. Conan erhaschte einen Blick auf sie, als sie donnernd an einem schlanken, dunklen Mädchen in Seidenhosen und mit einem juwelenbesetzten Brustband vorbeikamen, das sich an der Schluchtwand abstützte. Dann stiegen der Rappe und seine Reiter die Schlucht hinauf wie die Gischt vor einem Sturm, und die Männer stürzten sich durch die Mauer in die Schlucht, nachdem sie auf das trafen, was ihre Schreie der Blutgier in schrille Schreie der Angst und des Todes verwandelte.

6 Der Berg der schwarzen Seher

Wohin jetzt? Yasmina versuchte, aufrecht auf dem schaukelnden Sattelbogen zu sitzen und ihren Entführer zu umklammern. Sie war sich der Erkenntnis der Scham bewusst, dass sie das Fühlen seines muskulösen Körpers unter ihren Fingern nicht als unangenehm empfinden konnte.

"Nach Afghanistan", antwortete er. "Es ist ein gefährlicher Weg, aber der Hengst wird uns leicht tragen, es sei denn, wir geraten mit einigen Ihrer Freunde oder meinen Stammesfeinden aneinander. Jetzt, da Yar Afzal tot ist, werden uns diese verdammten Wazulis auf den Fersen sein. Ich bin überrascht, dass wir sie nicht schon hinter uns gesichtet haben."

"Wer war der Mann, den du niedergeritten hast?", fragte sie.

"Ich weiß es nicht. Ich habe ihn noch nie gesehen. Er ist kein Ghuli, das ist sicher. Was zum Teufel er dort gemacht hat, ist mehr als ich sagen kann. Es war auch ein Mädchen bei ihm."

"Ja. Ihr Blick wurde von einem Schatten begleitet. Das kann ich nicht verstehen. Dieses Mädchen war mein Dienstmädchen, Gitara. Glaubst du, sie wollte mir helfen? Dass der Mann ein Freund war? Wenn ja, haben die Wazulis sie beide gefangen genommen."

"Nun", antwortete er, "da können wir nichts tun. Wenn wir zurückgehen, werden sie uns beide häuten. Ich kann nicht verstehen, wie ein Mädchen wie sie mit nur einem Mann so weit in die Berge kommen konnte - und er war ein Gelehrter in einem Gelehrtenrock, denn so sah er aus. Da ist etwas höllisch Seltsames an all dem. Dieser Kerl, den Yar Afzal schlug und wegschickte - er bewegte sich wie ein schlafwandelnder Mann. Ich habe gesehen, wie die Priester von Zamora ihre abscheulichen Rituale in ihren verbotenen Tempeln durchführten, und ihre Opfer hatten einen Blick wie dieser Mann. Die Priester sahen ihnen in die Augen und murmelten Beschwörungsformeln, und dann wurden die Menschen zu wandelnden Toten, mit glasigen Augen, die taten, was ihnen befohlen wurde."

"Und dann sah ich, was der Bursche in der Hand hatte, was Jar Afzal aufhob. Es war wie eine große schwarze Jadeperle, wie sie die Tempelmädchen von Yezud tragen, wenn sie vor der schwarzen Steinspinne, die ihr Gott ist, tanzen. Yar Afzal hielt sie in der Hand, und er hob nichts anderes auf. Doch als er tot umfiel, lief ihm eine Spinne, wie der Gott von Yezud, nur kleiner, aus der Hand. Und dann, als die Wazulis unsicher dort standen, rief eine Stimme, dass sie mich töten sollten, und ich weiß, dass diese Stimme weder von einem der Krieger noch von den Frauen, die bei den Hütten zusahen, kam. Sie schien von oben zu kommen".

Yasmina antwortete nicht. Sie blickte auf die krassen Umrisse der Berge, die sich um sie herum befanden, und schauderte. Ihre Seele schreckte vor ihrer kargen Brutalität zurück. Dies war ein düsteres, nacktes Land, in dem alles passieren konnte. Uralte Traditionen haben es mit schauderhaftem Entsetzen für jeden, der in den heißen, üppigen südlichen Ebenen geboren wurde, ausgestattet.

Die Sonne stand hoch oben und brannte mit grimmiger Hitze herunter, doch der Wind, der in unruhigen Böen wehte, schien von Eishängen zu fegen. Einmal hörte sie ein seltsames Rauschen über sich, das nicht das Fegen des Windes war, und aus der Art und Weise, wie Conan aufblickte, wusste sie, dass es auch für ihn kein gewöhnliches Geräusch war. Sie glaubte, dass ein Streifen des kalten blauen Himmels zeitweilig verschwommen war, als ob ein fast unsichtbares Objekt zwischen ihm und Conan hin- und hergeweht wäre, aber sie konnte sich nicht sicher sein. Keiner von beiden machte einen Kommentar, aber Conan lockerte sein Messer in der Scheide.

Sie folgten einem schwach markierten Weg, der in Schluchten hinabführte, die so tief waren, dass die Sonne nie auf den Grund fiel, und arbeiteten sich an steilen Hängen hoch, wo loser Schiefer unter ihren Füßen zu rutschen drohte, und folgten messerscharfen Graten mit blau vernebelten Tiefen an beiden Seiten.

Die Sonne hatte ihren Zenit überschritten, als sie einen schmalen Pfad überquerten, der sich zwischen den Felsen schlängelte. Conan hielt das Pferd seitwärts und folgte ihm in Richtung Süden, fast im rechten Winkel zu ihrem früheren Kurs.

"Ein Galzai-Dorf befindet sich an einem Ende dieses Weges", erklärte er. "Ihre Frauen folgen ihm zu einem Brunnen, um Wasser zu holen. Du brauchst neue Kleider."

Yasmina, die auf ihre hauchdünne Kleidung hinunterblickte, stimmte ihm zu. Ihre Hausschuhe aus goldenem Stoff waren zerfetzt, ihre Gewänder und seidenen Untergewänder zerfetzt, die kaum noch anständig zusammenhielten. Die für die Straßen von Peshkhauri bestimmte Kleidung war für die Felswände der Himelianer kaum geeignet.

Als er zu einer Biegung auf dem Weg kam, stieg Conan ab, half Yasmina herunter und wartete. Augenblicklich nickte er, obwohl sie nichts hörte.

"Eine Frau kommt den Weg entlang", bemerkte er. In plötzlicher Panik umklammerte sie seinen Arm.

"Du wirst sie nicht töten?

"Normalerweise töte ich keine Frauen", grunzte er, "obwohl einige der Bergfrauen Wölfe sind. Nein", grinste er wie über einen großen Scherz. "Bei Crom, ich werde für ihre Kleidung bezahlen! Er zog eine große Handvoll Goldmünzen hervor und steckte alle bis auf die größten zurück.

Sie nickte, sehr erleichtert. Es war vielleicht ganz natürlich, dass Männer töten und sterben; ihr Körper krabbelte bei dem Gedanken, dem Abschlachten einer Frau zuzusehen.

Da erschien die Frau um die Biegung des Weges herum - ein großes, schlankes Galzai-Mädchen, gerade wie ein junger Schössling mit einer großen, leeren Kürbisflasche. Als sie sie sah, blieb sie kurz stehen, und die Kalebasse fiel ihr aus den Händen; sie schwankte, als wolle sie rennen, und bemerkte dann, dass Conan ihr zu nahe war, um ihre Flucht zu ermöglichen, und so blieb sie stehen und starrte sie mit einem gemischten Ausdruck von Angst und Neugier an.

Conan zeigte die Goldmünze.

"Wenn du dieser Frau deine Kleider gibst", sagte er, "werde ich dir dieses Geld geben".

Die Antwort erfolgte sofort. Das Mädchen lächelte breit und freudig, und mit der Verachtung einer Hügel-Frau für prüde Konventionen riss sie prompt ihre ärmellose, bestickte Weste ab, schob ihre weite Hose herunter und trat aus ihr heraus, zog ihr weitärmeliges Hemd aus und warf ihre Sandalen ab. Sie bündelte alles zu einem Haufen und bot diesen Conan an, der ihn der staunenden Devi übergab.

"Geh hinter diesen Felsen und zieh die Sachen an", sagte er und bewies damit, dass er kein einheimischer Hinterwäldler war. "Falte deine Gewänder zu einem Bündel und bring sie mir, wenn du herauskommst."

"Das Geld!", schrie das Bergmädchen und streckte eifrig die Hände aus. "Das Gold, das du mir versprochen hast!"

Conan warf ihr die Münze zu, sie fing sie auf, biss hinein, schob sie sich in die Haare, beugte sich, nahm die Kürbisflasche auf und ging den Weg hinunter, so unbefangen als ob sie Kleider anhätte. Conan wartete mit einiger Ungeduld, während die Devi zum ersten Mal in ihrem verwöhnten Leben sich selbst anzog. Als sie hinter dem Felsen hervortrat, fluchte er in Überraschung, und sie fühlte einen merkwürdigen Gefühlsrausch angesichts der hemmungslosen Bewunderung, die in seinen glühend blauen Augen brannte. Sie fühlte Scham, Peinlichkeit, aber auch eine Stimulation der Eitelkeit, die sie noch nie zuvor erlebt hatte, und ein Kribbeln, wenn sie dem Ausdruck seiner Augen begegnete. Er legte ihr eine schwere Hand auf die Schulter und drehte sie um, wobei er sie von allen Seiten begierig anstarrte.

"Bei Crom!", sagte er. In diesen rauchigen, mystischen Gewändern warst du unnahbar und kalt und weit weg wie ein Stern! Jetzt bist du eine Frau aus warmem Fleisch und Blut! Du gingst hinter diesen Felsen als die Devi von Vendhya; du kommst als ein Hügel-Mädchen heraus - obwohl du tausendmal schöner bist als jede andere Frau der Zhaibar! Du warst eine Göttin - jetzt bist du echt!"

Er verpasste ihr einen kräftigen Klaps, und sie, die dies nur als einen weiteren Ausdruck der Bewunderung erkannte, war nicht empört. Es war in der Tat so, als ob der Wechsel ihrer Kleidung eine Veränderung ihrer Persönlichkeit bewirkt hätte. Die Gefühle und Empfindungen, die sie unterdrückt hatte, stiegen in ihr nun zu einer Dominanz auf, als ob die von ihr abgelegten königlichen Gewänder materielle Fesseln und Hemmungen gewesen wären.

Aber Conan vergaß in seiner erneuten Bewunderung nicht, dass die Gefahr überall um sie herum lauerte. Je weiter sie sich von der Region der Zhaibar entfernten, desto weniger wahrscheinlich war es, dass er auf Kshatriya-Truppen traf. Andererseits hatte er während der gesamten Flucht auf Geräusche geachtet, die ihm sagen sollten, dass die rachsüchtigen Wazulis von Khurum ihnen auf den Fersen waren.

Er schwang die Devi auf, folgte ihr in den Sattel und zügelte den Hengst erneut gegen Westen. Das Bündel von

Kleidungsstücken, das sie ihm gegeben hatte, schleuderte er über eine Klippe, um in die Tiefe einer tausendmal größeren Schlucht zu fallen.

"Warum hast du das getan?", fragte sie. "Warum hast du sie dem Mädchen nicht gegeben?

"Die Reiter von Peshkhauri durchkämmen diese Hügel", sagte er. "Sie werden auf Schritt und Tritt in einen Hinterhalt gelockt und als Vergeltung werden sie jedes Dorf, das sie erobern können, zerstören. Sie können sich jederzeit nach Westen wenden. Wenn sie ein Mädchen mit Ihren Kleidern finden, werden sie sie foltern, damit sie redet, und sie könnte sie auf unsere Spur bringen.2

"Was wird sie tun?", fragte Yasmina.

"Geht zurück in ihr Dorf und sagt ihren Leuten, dass ein Fremder sie angegriffen hat", antwortete er. "Sie wird sie auf unsere Spur bringen, alles klar. Aber sie war gezwungen, zuerst das Wasser zu holen; wenn sie es wagte, ohne Wasser zurückzugehen, würden sie ihr die Haut abziehen. Das gibt uns einen großen Vorsprung. Sie werden uns niemals einholen. Bei Einbruch der Dunkelheit werden wir die afghanische Grenze überqueren".

"Es gibt in dieser Gegend keine Wege oder Anzeichen für menschliche Besiedlung", kommentierte sie. "Sogar für die Himelianer scheint diese Region einzigartig menschenleer zu sein. Wir haben keinen Pfad gesehen, seit wir denjenigen verlassen haben, wo wir die Galzai-Frau getroffen haben."

Als Antwort zeigte er nach Nordwest, wo sie einen Gipfel in einem Einschnitt der Felswände erblickte.

"Yimsha", grunzte Conan. "Die Stämme bauen ihre Dörfer so weit wie möglich vom Berg entfernt.

Sie war augenblicklich starr vor Aufmerksamkeit.

"Yimsha", flüsterte sie. "Der Berg der Schwarzen Seher!"

"So sagt man", antwortete er. "Näher bin ich ihm nie gekommen. Ich schwenkte nach Norden, um den Kshatriya-Truppen auszuweichen, die durch die Berge streifen könnten. Der reguläre Weg von Khurum nach Afghanistan liegt weiter südlich. Er ist uralt und wird nur selten benutzt."

Sie starrte aufmerksam auf den fernen Gipfel. Ihre Nägel bohrten sich in ihre rosa Handflächen.

"Wie lange würde es dauern, Yimsha von diesem Punkt aus zu erreichen?"

"Den ganzen Rest des Tages und die ganze Nacht", antwortete er und grinste. "Möchtest du dorthin gehen? Bei Crom, es ist kein Ort für einen gewöhnlichen Menschen, so wie die Bergbewohner sagen."

"Warum vernichten sie nicht die Teufel, die dort leben?", fragte sie.

"Zauberer mit dem Schwert auslöschen? Wie auch immer, sie mischen sich niemals bei den Menschen ein, es sei denn, die Menschen mischen sich bei ihnen ein. Ich habe nie einen von ihnen gesehen, obwohl ich mit Männern gesprochen habe, die geschworen haben, dass sie es haben. Sie sagen, sie hätten bei Sonnenuntergang oder Sonnenaufgang vom Turm aus Menschen zwischen den Felsen gesehen - stumme Männer in schwarzen Gewändern.

"Hättest du Angst, sie anzugreifen?"

"Ich?" Die Idee schien ihm neu zu sein. "Wenn man mich angreifen würde, ginge es um mein oder ihr Leben. Aber ich habe nichts mit ihnen zu tun. Ich bin in diese Berge gekommen, um eine Gefolgschaft von Menschen zu gewinnen, nicht, um gegen Zauberer zu kämpfen."

Yasmina hatte nicht sofort geantwortet. Sie starrte auf den Gipfel wie auf einen menschlichen Feind und fühlte all ihre Wut und ihren Hass neu in ihrem Busen aufsteigen. Und ein anderes Gefühl begann sich abzuschwächen. Sie hatte geplant, gegen die Meister von Yimsha, den Mann, in dessen Armen sie nun getragen wurde, zu hetzen. Vielleicht gab es neben der Methode, die sie geplant hatte, noch eine andere Möglichkeit, um ihr Ziel zu erreichen. Sie konnte den Blick, der in den Augen dieses wilden Mannes zu dämmern begann, als sie sich auf ihr ruhten, nicht missverstehen. Königreiche sind gefallen, wenn die schlanken weißen Hände einer Frau die Fäden des Schicksals gezogen haben. Plötzlich erstarrte sie und zeigte auf etwas.

"Schau!"

Gerade noch sichtbar auf dem fernen Gipfel hing eine Wolke von eigentümlichem Aussehen. Es war ein frostiges Karmesinrot, geädert mit funkelndem Gold. Diese Wolke war in Bewegung; sie drehte sich, und während sie herumwirbelte, zog sie sich zusammen. Sie schrumpfte zu einem sich drehenden Kegel, der in der Sonne aufblitzte. Und plötzlich löste sie sich von der schneebedeckten Spitze, schwebte wie eine fröhlich gefärbte Feder über der Leere und wurde gegen den azurblauen Himmel unsichtbar.

"Was könnte das gewesen sein", fragte das Mädchen unruhig, als ein Felsvorsprung den Blick auf den fernen Berg verschloss; das Phänomen war selbst in seiner Schönheit beunruhigend gewesen.

"Die Bergmänner nennen es Yimshas Teppich, was immer das bedeutet", antwortete Conan. Ich habe fünfhundert Männer gesehen, die wie der Teufel auf den Beinen waren, um sich in Höhlen und Felsspalten zu verstecken, als sie die karminrote Wolke vom Gipfel heraufschweben sahen. Was ..."

Sie waren durch eine schmale, eingeschnittene Spalte zwischen den turmartigen Wänden vorgedrungen und tauchten auf einem breiten Felsvorsprung auf, der von einer Reihe schroffer Hänge einerseits und einem gigantischen Abgrund andererseits flankiert wurde. Die schwache

Spur folgte dieser Kante, bog um eine Kante und tauchte in Abständen weit unten wieder auf, wobei sie sich mühsam nach unten bewegte. Und als der schwarze Hengst aus dem Spalt, der sich auf der Kante öffnete, herauskam, blieb er kurz stehen und schnaubte. Conan drängte ihn ungeduldig weiter, und das Pferd schnaubte und warf seinen Kopf auf und ab, zitternd und angestrengt, wie gegen eine unsichtbare Barriere.

Conan fluchte und schwang sich ab und hob Yasmina mit sich hinunter. Er ging vorwärts, mit einer vor ihm ausgeworfenen Hand, als erwartete er, auf unsichtbaren Widerstand zu stoßen, aber es gab nichts, was ihn daran hinderte, aber als er versuchte, das Pferd zu führen, wieherte es schrill und zuckte zurück. Dann schrie Yasmina auf, und Conan fuhr herum, wobei er die Hand zum Messergriff führte.

Keiner von ihnen hatte ihn kommen sehen, aber er stand da, mit verschränkten Armen, ein Mann in einem Kamelhaargewand und mit einem grünen Turban. Conan grunzte vor Überraschung, als er den Mann erkannte, den der Hengst in der Schlucht außerhalb des Dorfes Wazuli verschmäht hatte.

"Wer zum Teufel bist du?", fragte er.

Der Mann antwortete nicht. Conan bemerkte, dass seine Augen weit, starr und von einer eigentümlichen Lichtqualität waren. Und diese Augen hielten seine wie ein Magnet.

Khemsas Zauberei basierte auf Hypnose, wie es bei den meisten östlichen Zaubereiformen der Fall ist. Der Weg für den Hypnotiseur wurde über unzählige Jahrhunderte durch Generationen geebnet, die in der festen Überzeugung von der Realität und der Kraft der Hypnose lebten und starben, indem sie durch das Massendenken und die Praxis eine kolossale, aber nicht greifbare Atmosphäre aufbauten, gegen die der von den Traditionen des Landes durchdrungene Mensch hilflos ist.

Aber Conan war kein Sohn des Ostens. Seine Traditionen waren für ihn bedeutungslos; er war das Produkt einer völlig fremden Umwelt. Hypnose war in Kimmerien nicht einmal ein Mythos. Das Erbe, das einen Einheimischen aus dem Osten auf die Unterwerfung unter den Mesmeristen vorbereitete, war nicht seins.

Er war sich dessen bewusst, was Khemsa ihm antun wollte; aber er fühlte die Auswirkungen der unheimlichen Macht des Mannes nur als einen vagen Impuls, ein Ziehen und Zerren, das er abschütteln konnte, wie ein Mann Spinnweben aus seiner Kleidung schüttelt.

Im Bewusstsein von Feindseligkeit und schwarzer Magie riss er sein langes Messer heraus und stürzte sich, so schnell wie ein Berglöwe, auf die Beine.

Aber Hypnose war nicht die ganze Magie Khemsas. Yasmina, die zuschaute, sah nicht, mit welcher Bewegungsverschleierung oder Illusion der Mann mit dem grünen Turban dem schrecklichen Ausweidungsstich auswich. Aber die scharfe Klinge wischte zwischen den Seiten und dem gehobenen Arm, und Yasmina schien es, als ob Khemsa seine offene Handfläche nur leicht gegen Conans Stiernacken streifte. Aber der Kimmerier ging wie ein erschlagener Ochse zu Boden.

Doch Conan war nicht tot; er bremste seinen Sturz mit der linken Hand und schlug Khemsa sogar auf die Beine, als er zu Boden ging, und der Rakhsha entging dem sensenähnlichen Hieb nur durch einen höchst unzauberhaften Rückwärtsgang. Dann schrie Yasmina schrill auf, als sie eine Frau sah, die sie als Gitara wiedererkannte, wie sie zwischen den Felsen hervorglitt und auf den Mann zu kam. Der Gruß verstummte in der Kehle der Devi, als sie die Bösartigkeit in dem schönen Gesicht des Mädchens sah.

Conan erhob sich langsam, erschüttert und benommen von der grausamen Kunst des Schlages, der, mit einer von den Menschen vergessenen Kunst, die, bevor Atlantis unterging, wie ein verfaulter Zweig den Hals eines geringeren Mannes gebrochen hätte. Khemsa blickte ihn vorsichtig und ein wenig unsicher an. Der Rakhsha hatte die volle Wucht seiner eigenen Macht erfahren, als er in der Schlucht hinter dem Dorf Khurum den Messern der verrückten Wazulis auf Distanz zuschaute; aber der Widerstand der Kimmerier hatte vielleicht sein neu gewonnenes Selbstvertrauen ein wenig erschüttert. Die Zauberei gedeiht durch Erfolg, nicht durch Misserfolg.

Er trat vor, hob die Hand und blieb wie erstarrt stehen, den Kopf nach hinten gewendet, die Augen weit geöffnet, die Hand erhoben. Conan folgte seinem Blick, wie auch die Frauen - das Mädchen, das sich vor dem zitternden Hengst kauerte, und das Mädchen neben Khemsa.

Die Berghänge hinunter, wie ein Wirbel aus glänzendem Staub, der im Wind wehte, tanzte eine karmesinrote, kegelförmige Wolke. Khemsas dunkles Gesicht wurde aschfahl, seine Hand begann zu zittern und sank dann auf die Seite. Das Mädchen neben ihm, das die Veränderung in ihm spürte, starrte ihn fragend an.

Die karmesinrote Form entfernte sich vom Berghang und sank in einem langen, bogenförmigen Schwung nach unten. Sie erreichte den Felsvorsprung zwischen Conan und Khemsa, und der Rakhsha wich mit einem erstickten Schrei zurück. Er kehrte um, schob das Mädchen Gitara mit tastenden, abwehrenden Händen nach hinten.

Die karmesinrote Wolke balancierte einen Augenblick lang wie ein Kreisel und wirbelte in einem schillernden Glanz auf ihrer Spitze. Dann war sie ohne Vorwarnung verschwunden, wie eine Seifenblase beim Platzen verschwindet. Dort auf der Kante standen vier Männer. Es war ein Wunder, unglaublich, unmöglich, und doch war es wahr. Sie waren keine Geister oder Phantome. Es waren vier große Männer, mit rasierten, geierähnlichen Köpfen und schwarzen Gewändern, die ihre Füße verbargen. Ihre Hände waren von ihren weiten Ärmeln verdeckt. Sie standen schweigend da, ihre nackten Köpfe nickten leicht im Einklang. Sie standen Khemsa gegenüber, aber im Hintergrund fühlte Conan, wie sein eigenes Blut zu Eis in seinen Adern wurde. Als er sich erhob, zog er sich heimlich zurück, bis er die Schulter des Hengstes gegen seinen Rücken zittern fühlte, und die Devi kroch in den Schutz seines Arms. Es wurde kein Wort gesprochen. Das Schweigen hing wie ein erstickender Mantel in der Luft.

Alle vier Männer in schwarzen Gewändern starrten Khemsa an. Ihre geierhaften Gesichter waren unbeweglich, ihre Augen waren nach innen gerichtet und nachdenklich. Aber Khemsa zitterte wie ein Mann in Schüttelfrost. Seine Füße stützten sich auf den Fels, seine Waden verkrampften sich wie im körperlichen Kampf. Der Schweiß lief in Strömen über sein dunkles Gesicht. Seine rechte Hand richtete sich so verzweifelt auf etwas unter seinem braunen Gewand, dass das Blut aus dieser Hand herausquoll und sie weiß hinterließ. Seine linke Hand fiel auf die Schulter von Gitara und umklammerte sie in Todesangst wie bei einem Ertrinkenden. Sie zuckte nicht zusammen und wimmerte nicht, obwohl sich seine Finger wie Krallen in ihr festes Fleisch gruben.

Conan hatte in seinem wilden Leben Hunderte von Schlachten erlebt, aber nie eine wie diese, in der vier teuflische Willen einen geringeren, aber ebenso teuflischen Willen, der sich ihnen entgegenstellte, niederzuschlagen versuchten. Aber er spürte nur schwach die ungeheuerliche Qualität dieses schrecklichen Kampfes. Mit dem Rücken zur Wand, von seinen früheren Meistern in die Enge getrieben, kämpfte Khemsa mit all der dunklen Macht um sein Leben, mit all dem schrecklichen Wissen, das sie ihm durch lange, düstere Jahre des Neophytismus und der Vasallenschaft beigebracht hatten.

Er war stärker, als er selbst geahnt hatte, und die freie Ausübung seiner Kräfte in seinem eigenen Namen hatte ungeahnte Kraftreservoirs erschlossen. Und er war durch rasende Angst und Verzweiflung zu Superenergie fähig. Er taumelte vor der gnadenlosen Wirkung dieser hypnotisierenden Augen, aber er hielt seine Stellung. Seine Gesichtszüge waren zu einem bestialischen Grinsen der Qual verzerrt, und seine Glieder waren verdreht wie auf einer Folterbank. Es war ein Krieg der Seelen, der furchtbaren Geister, durchdrungen von Überlieferungen, die den Menschen eine Million Jahre lang vorenthalten blieben, von Mentalitäten, die die Abgründe ausgelotet und die dunklen Sterne erforscht hatten, wo die Schatten entstehen.

Yasmina verstand dies besser als Conan. Aber sie verstand nur schwach, warum Khemsa dem konzentrierten Aufprall dieser vier höllischen Willen, die den Fels, auf dem er stand, in Atome zersprengten, standhalten konnte. Der Grund dafür war das Mädchen, das er mit der Kraft seiner Verzweiflung umklammerte. Sie war wie ein Anker für seine taumelnde Seele, die von den Wellen dieser psychischen Ausstrahlungen zerschlagen wurde. Seine Schwäche war nun seine Stärke. Seine Liebe zu dem Mädchen, so gewalttätig und böse sie auch sein mochte, war dennoch ein Band, das ihn an die übrige Menschheit band und ein irdisches Hebelwerk für seinen Willen darstellte, eine Kette, die seine unmenschlichen Feinde nicht durchbrechen konnten; zumindest nicht in Khemsa.

Sie erkannten das, noch bevor er es wusste. Und einer von ihnen wandte seinen Blick von dem Rakhsha voll auf Gitara. Dort gab es keine Schlacht. Das Mädchen schrumpfte und verwelkte wie ein Blatt in der Dürre. Unwiderstehlich getrieben riss sie sich aus den Armen ihres Liebhabers, bevor er begriff, was geschah. Dann geschah etwas

Schreckliches. Sie begann, sich zum Abgrund zurückzubewegen, ihren Peinigern zugewandt, ihre Augen weit und leer wie dunkel schimmerndes Glas, hinter dem eine Lampe ausgeblasen wurde. Khemsa stöhnte und taumelte auf sie zu und fiel in die ihm gestellte Falle. Ein geteilter Geist konnte den ungleichen Kampf nicht aufrechterhalten. Er wurde geschlagen, wie ein Strohhalm in ihren Händen. Das Mädchen ging rückwärts, lief wie ein Automat, und Khemsa taumelte betrunken hinter ihr her, die Hände vergeblich ausgestreckt, stöhnend, vor Schmerz sabbernd, die Füße schwer wie totes Fleisch.

Ganz am Rande hielt sie inne, stand steif, die Fersen auf der Kante, und er fiel auf die Knie und kroch wimmernd auf sie zu, tastete nach ihr, um sie vor der Zerstörung zu retten. Und kurz bevor seine ungeschickten Finger sie berührten, lachte einer der Zauberer, als wäre es der plötzliche, bronzene Ton einer Glocke in der Hölle. Das Mädchen taumelte plötzlich, und als Höhepunkt ausgesuchter Grausamkeit strömten Vernunft und Verstand wieder in ihre Augen, die vor schrecklicher Angst aufflackerten. Sie schrie, klammerte sich wild an die zupackende Hand ihres Liebhabers und fiel dann, unfähig, sich selbst zu retten, mit einem klagenden Schrei kopfüber in die Tiefe.

Khemsa zog sich an die Kante und starrte verstört auf die Stelle, seine Lippen bewegten sich, während er vor sich hinmurmelte. Dann drehte er sich um und starrte eine lange Minute lang seine Peiniger an, mit großen Augen, die kein menschliches Licht ausstrahlten. Und dann, mit einem Schrei, der die Felsen fast zum Platzen brachte, riss er sich hoch und stürzte auf sie zu, ein Messer in der Hand.

Einer der Rakhshas trat vor und stampfte mit dem Fuß auf, und während er auf den Felsen trat, kam ein Rumpeln auf, das schnell zu einem knirschenden Gebrüll wuchs. An der Stelle, wo sein Fuß aufschlug, öffnete sich ein Spalt in dem festen Felsen, der sich sofort erweiterte. Dann, mit ei nem ohrenbetäubenden Krachen, gab ein ganzer Abschnitt des Felsvorsprungs nach. Ein letzter Blick auf Khemsa, die Arme wild erhoben, und dann verschwand er unter dem Getöse der Lawine, die in den Abgrund donnerte.

Die Vier blickten nachdenklich auf die zerklüftete Felskante, die den neuen Rand des Abgrunds bildete, und drehten sich dann plötzlich um. Conan, vom Wackeln des Berges von den Füßen geworfen, erhob sich und richtete Yasmina auf. Er schien sich so langsam zu bewegen, wie sein Gehirn arbeitete. Er war wie benebelt und stupide. Er erkannte, dass er unbedingt die Devi auf dem schwarzen Hengst anheben und wie der Wind reiten musste, aber eine unerklärliche Trägheit lastete auf jedem seiner Gedanken und Handlungen.

Und nun hatten sich die Zauberer ihm zugewandt; sie hoben ihre Arme, und mit Entsetzen sah er, wie ihre Umrisse verblassten, schwächer wurden, verschwommen und neblig, als sich ein purpurroter Rauch um ihre Füße wölbte und um sie herum aufstieg. Sie wurden von einer plötzlich aufziehenden Wolke verwischt - und dann bemerkte er, dass auch er von einem blendenden purpurroten Nebel umhüllt war -, er hörte Yasmina schreien, und der Hengst schrie wie eine Frau vor Schmerzen. Die Devi wurde aus seinem Arm gerissen, und als er blind mit seinem Messer ausholte, schlug ihn ein furchtbarer Hieb wie eine Sturmböe gegen einen Felsen, der sich ausdehnte. Benommen sah er eine karmesinrote Kegelförmige Wolke, die sich über die Berghänge auf und ab bewegte. Yasmina war verschwunden, und auch die vier Männer in Schwarz waren verschwunden. Nur der verängstigte Hengst teilte sich mit ihm die Felskante.

7 Auf dem Weg nach Yimsha

Wie Nebel durch starken Wind verschwindet, sind die Spinnweben aus Conans Gehirn verschwunden. Mit einem glühenden Fluch sprang er in den Sattel und der Hengst erhob sich wiehernd unter ihm. Er blickte den Hang hinauf, zögerte und wandte dann den Weg in die Richtung, in die er unterwegs war, als er durch Khemsas Tricks aufgehalten wurde. Aber jetzt ritt er nicht mehr in einem gemessenen Schritt. Er lockerte die Zügel, und der Hengst ging wie ein Donnerschlag, wie verzweifelt, um die Hysterie durch heftige körperliche Anstrengung zu verlieren. Über die Kante und um die Felswand herum und den schmalen Pfad entlang, der den großen Steilhang hinunterführte, stürzten sie in halsbrecherischer Geschwindigkeit. Der Pfad folgte einer Felsformation und schlängelte sich endlos von Stufe zu Stufe der zerklüfteten Steilkante hinunter, und einmal, weit unten, bekam Conan einen Blick auf die eingestürzte Ruine, einen mächtigen Haufen von Schotter und Geröll am Fuße einer gigantischen Felswand.

Der Talboden lag noch weit unter ihm, als er einen langen und hohen Grat erreichte, der wie ein natürlicher Kamm aus dem Berghang herausführte. Auf diesem ritt er weiter, wobei beide Seiten beinahe scharf abfielen. Er konnte den Weg vor sich her verfolgen und ritt ein großes hufeisenförmiges Stück weiter in Richtung des Flussbettes zu seiner Linken. Er verfluchte die Notwendigkeit, diese Wege zu beschreiten, aber es war der einzige Weg. Der Versuch, bis zur unteren Etappe des Weges abzusteigen, wäre ein Versuch des Unmöglichen. Nur ein Vogel konnte mit ganzem Hals zum Flussbett gelangen.

Also drängte er den müden Hengst, bis ein Hufgeklapper seine Ohren erreichte, das von unten aufstieg. Er zog sich kurz hoch und zügelte kurz am Rand der Felsenkante und starrte hinunter in das trockene Flussbett, das sich am Fuße des Bergrückens wand. Entlang dieser Schlucht ritt ein bunt gemischter Haufen bärtiger Männer auf halbwilden Pferden, fünfhundert Mann stark, voller Waffen. Und Conan brüllte plötzlich, lehnte sich über den Rand der Klippe, dreihundert Meter über ihnen.

Auf seinen Schrei hin lehnten sie sich zurück, und fünfhundert bärtige Gesichter neigten sich ihm entgegen; ein tiefes, lärmendes Gebrüll erfüllte die Schlucht. Conan verschwendete keine Worte.

"Ich ritt nach Ghor!", brüllte er. "Ich hatte nicht gehofft, euch Hunden auf dem Trail zu begegnen. Folgt mir so schnell, wie eure Gäule euch bewegen können! Ich gehe nach Yimsha, und ..."

"Verräter!" Das Heulen war wie ein Spritzer Eiswasser in seinem Gesicht.

Er blickte sie an und war sprachlos. Er sah wilde Augen, die sich auf ihn richteten, Gesichter, die vor Wut verzerrt waren, und Fäuste, die mit Klingen schwangen.

"Verräter!", brüllten sie zurück, von ganzem Herzen. "Wo sind die sieben Häuptlinge, die in Peshkhauri gefangen gehalten werden?"

"Im Gefängnis des Gouverneurs nehme ich an", antwortete er.

Ein blutrünstiger Schrei aus hundert Kehlen antwortete ihm, mit einem solchen Schwenken der Waffen und einem Schreien, dass er nicht verstehen konnte, was sie sagten. Er schlug das Getöse mit einem stierartigen Gebrüll nieder und brüllte: "Was ist das für ein Teufelsspiel? Lasst einen von euch sprechen, damit ich verstehe, was ihr meint!"

Ein magerer alter Häuptling wählte sich selbst in dieses Amt, schüttelte seinen Tulwar als Präambel auf Conan und rief anklagend: "Du wolltest uns nicht Peshkhauri überfallen lassen, um unsere Brüder zu retten!"

"Nein, ihr Narren!", brüllte der verärgerte Kimmerier. "Selbst wenn ihr die Mauer durchbrochen hättet, was unwahrscheinlich ist, hätten sie die Gefangenen gehängt, bevor ihr sie hättet erreichen können."

"Und ihr seid allein mit dem Gouverneur in den Handel eingestiegen!", schrie der Afghane, der sich in einen schäumenden Rausch hineinsteigerte.

"Und?"

"Wo sind die sieben Häuptlinge?", heulte der alte Häuptling und verwandelte seinen Tulwar in ein schimmerndes Rad aus Stahl um seinen Kopf. Wo sind sie? Tot!"

"Was?" Conan fiel in seiner Überraschung fast vom Pferd.

"Ja, tot!", versicherten ihm fünfhundert blutrünstige Stimmen.

Der alte Häuptling schwang seine Arme und bekam wieder das Wort. "Sie wurden nicht gehängt!", kreischte er. "Ein Wazuli in einer anderen Zelle sah sie sterben! Der Gouverneur schickte einen Zauberer, um sie mit einem Kunststück zu töten!"

"Das muss eine Lüge sein", sagte Conan. Der Gouverneur würde es nicht wagen. Gestern Abend sprach ich mit ihm ..."

Die Aussage war unglücklich. Ein Schrei des Hasses und Anschuldigungen spalteten den Himmel.

"Ja! Du bist allein zu ihm gegangen! Um uns zu verraten! Das ist keine Lüge. Die Wazuli entkamen durch die Türen, die der Zauberer bei seinem Eintreten brach, und erzählten die Geschichte unseren Kundschaftern, die er in Zhaibar traf. Sie waren losgeschickt worden, um nach dir zu suchen, als du nicht zurückkamst. Als sie die Geschichte von Wazuli hörten, kehrten sie in aller Eile nach Ghor zurück, und wir sattelten unsere Pferde und gurteten unsere Schwerter!"

"Und was wollt ihr Narren tun?", rief der Kimmerier.

"Unsere Brüder rächen!", heulten sie. "Tod den Kshatriyas! Tötet ihn, Brüder, er ist ein Verräter!"

Die Pfeile begannen um ihn herum zu rasseln. Conan erhob sich in seinen Steigbügeln und bemühte sich, über den Tumult hinweg Gehör zu finden, und dann, mit einem Gebrüll aus gemischter Wut, Trotz und Ekel, setzte er sich in Bewegung und galoppierte den Weg zurück. Hinter ihm und unter ihm kamen die Afghanen mit wütenden Sprüchen, zu wütend, um sich daran zu erinnern, dass sie die Höhe, auf der er ritt, nur erreichen konnten, wenn sie das Flussbett in der anderen Richtung überquerten, eine breite Kurve machten und dem gewundenen Weg über den Kamm folgten. Als sie sich schließlich daran erinnerten und umkehrten, hatte ihr zurückgewiesener Häuptling fast den Punkt erreicht, an dem der Grat in den Steilhang überging.

An der Felswand nahm Conan nicht den Weg, den er zurückgelegt hatte, sondern bog auf einen anderen Weg ab, eine bloße Spur entlang eines Felsbruchs, auf der es für den Hengst schwierig war, Fuß zu fassen. Er war nicht weit geritten, als der Hengst schnaubte und vor etwas zurückscheute, das auf dem Weg lag. Conan starrte auf die Tragödie eines Mannes, eines gebrochenen, zerfetzten, blutigen Haufens, der murmelte und mit zersplitterten Zähnen knirschte.

Von einer obskuren Vernunft getrieben, stieg Conan ab und schaute auf die grässliche Gestalt hinunter, wissend, dass er Zeuge eines Übernatürlichen und gegen die Natur gerichteten Geschehens war. Der Rakhsha hob seinen gruseligen Kopf, und seine seltsamen Augen, die vor Qualen glasig waren und dem Tod entgegengingen, ruhten auf Conan mit Anerkennung.

"Wo sind sie?" Es war ein quälendes Krächzen, das nicht einmal im Entferntesten einer menschlichen Stimme ähnelte.

"Sie sind zurück in ihr verdammtes Schloss auf Yimsha gegangen", grunzte Conan. "Sie haben die Devi mitgenommen."

"Ich werde hingehen!", murmelte der Mann. "Ich werde ihnen folgen! Sie töteten Gitara; ich werde sie töten - die Gefolgsleute, die Vier des Schwarzen Kreises, den Meister selbst! Töte - töte sie alle!" Er bemühte sich, sein verstümmeltes Gestell am Felsen entlang zu schleifen, aber nicht einmal sein unbezähmbarer Wille konnte diese blutige Masse, in der die zersplitterten Knochen nur durch zerrissenes Gewebe und gerissene Fasern zusammenhingen, länger beleben.

"Folge ihnen!" sabberte Khemsa mit einem blutigen Geifer. Folge ihnen!"

"Das werde ich tun", knurrte Conan. "Ich wollte meine Afghanen holen, aber sie haben sich gegen mich gewandt. Ich gehe allein weiter nach Yimsha. Ich werde die Devi zurückholen, und wenn ich diesen verdammten Berg mit meinen bloßen Händen abreißen muss. Ich hätte nicht gedacht, dass der Gouverneur es wagen würde, meine Gefolgsleute zu töten, als ich die Devi hatte, aber es scheint, dass er es getan hat. Dafür werde ich seinen Kopf nehmen. Als Geisel nützt sie mir jetzt nichts mehr, aber ..."

"Der Fluch von Yizil über sie", keuchte Khemsa. Geh! Ich sterbe. Warte, nimm meinen Gürtel.

Er versuchte, mit einer zerbrochenen Hand an seinen Fetzen zu fummeln, und Conan, der verstand, was er vermitteln wollte, beugte sich und zog über seine blutige Taille einen Gürtel von merkwürdigem Aussehen hervor.

"Folge der goldenen Ader durch den Abgrund", murmelte Khemsa. "Trage den Gürtel. Ich hatte ihn von einem stygischen Priester. Er wird Euch helfen, auch wenn er mir letztendlich nicht geholfen hat. Zerbrich die Kristallkugel mit den vier goldenen Granatäpfeln. Hüte dich vor den Transmutationen des Meisters - ich gehe nach Gitara -, sie wartet auf mich in der Hölle - aie, ya Skelos yar!" Und so starb er.

Conan starrte auf den Gürtel hinunter. Das Haar, aus dem er geflochten war, war kein Rosshaar. Er war überzeugt, dass es aus den dicken schwarzen Locken einer Frau geflochten war. In das dicke Geflecht waren winzige Juwelen eingearbeitet, wie er sie noch nie zuvor gesehen hatte. Die Schnalle war seltsam gestaltet, in Form eines goldenen Schlangenkopfes, flach, keilförmig und mit merkwürdiger Gravur versehen. Ein starker Schauder erschütterte Conan, als er die Schnalle anfasste, und er drehte sich um, als wolle er sie über den Abgrund werfen; dann zögerte er und schnallte sie schließlich um seine Taille, unter dem Gürtel der Bakhariot. Dann stieg er auf und zog weiter.

Die Sonne war hinter den Felsen versunken. Er kletterte den Weg im weiten Schatten der Felswände, der wie ein dunkelblauer Mantel über Täler und Grate weit unter ihm ausgebreitet wurde. Er war nicht weit vom Kamm entfernt, als er, um die Schulter eines vorstehenden Felsens herum, das Klirren der vor ihm befindlichen beschlagenen Hufe hörte. Er drehte sich nicht um. Der Weg war in der Tat so schmal, dass der Hengst seinen großen Rumpf nicht auf ihn hätte legen können. Er umrundete den Felsvorsprung und stieß auf einen Abschnitt des Weges, der sich etwas verbreitete. Ein Chor von Drohgebrüll drang in sein Ohr, aber sein Hengst drückte ein verängstigtes Pferd hart gegen den Felsen, und Conan fing den Arm des Reiters mit einem eisernen Griff auf und hielt das gehobene Schwert in der Luft zurück.

"Kerim Shah!" murmelte Conan, rote Schimmer glühten schrecklich in seinen Augen. Der Turanier kämpfte nicht;

sie setzten ihre Pferde fast Brust an Brust, wobei Conans Finger den Schwertarm des anderen verriegelten. Hinter Kerim Shah saß eine Gruppe von hageren Irakzai auf dürren Pferden. Sie starrten wie Wölfe, griffen nach Bogen und Messer, aber sie wurden unsicher, weil der Weg schmal war und der Abgrund unter ihnen gefährlich nahe lag und gähnte.

"Wo ist die Devi?" wollte Kerim Shah wissen.

"Was geht dich das an, du hyrkanischer Spion?", knurrte Conan.

"Ich weiß, dass du sie hast", antwortete Kerim Shah. "Ich war mit einigen Stammesangehörigen auf dem Weg nach Norden, als wir am Shalizah-Pass von Feinden überfallen wurden. Viele meiner Männer wurden getötet, und der Rest von uns drang wie Schakale durch die Hügel. Als wir unsere Verfolger abgeschüttelt hatten, wandten wir uns nach Westen, zum Amir-Jehun-Pass, und heute Morgen trafen wir auf einen Wazuli, der durch die Hügel wanderte. Er war ziemlich wütend, aber ich habe viel aus seinem unzusammenhängenden Geschwätz vor seinem Tod gelernt. Ich erfuhr, dass er der einzige Überlebende einer Bande war, die einem Häuptling der Afghanen und einer gefangenen Kshatriya-Frau in eine Schlucht hinter dem Dorf Khurum folgte. Er plapperte viel von einem Mann in einem grünen Turban, den die Afghanen niederritten hatten, der aber, als er von den verfolgten Wazulis angegriffen wurde, sie mit einem namenlosen Schicksalsschlag erschlug, der sie auslöschte, wie ein windgetriebener Feuersturm eine Heuschreckengruppe auslöschte."

"Wie dieser eine Mann entkommen konnte, weiß ich nicht, und er wusste es auch nicht; aber ich wusste aus seinen faselnden Worten, dass Conan von Ghor mit seiner königlichen Gefangenen in Khurum gewesen war. Und als wir durch die Hügel gingen, überholten wir ein nacktes Galzai-Mädchen, das einen Wasserkürbis trug und uns die

Geschichte erzählte, dass es von einem riesigen Ausländer im Gewand eines afghanischen Häuptlings ausgezogen und geschändet wurde, der, wie sie sagte, ihre Kleider einer Frau aus Vendhyan gab, die ihn begleitete. Sie sagte, Sie seien nach Westen geritten".

Kerim Shah hielt es nicht für notwendig zu erklären, dass er auf dem Weg war, um sein Rendezvous mit den erwarteten Truppen aus Secunderam einzuhalten, als er seinen Weg von feindlichen Stammesangehörigen versperrt fand. Die Straße zum Gurascha-Tal durch den Shalizah-Pass war länger als die Straße, die sich durch den Amir-Jehun-Pass schlängelte, aber letzterer durchquerte einen Teil des afghanischen Landes, den Kerim Shah unbedingt vermeiden wollte, bis er mit einer Armee kam. Von der Straße von Shalizah ausgeschlossen, hatte er sich jedoch der verbotenen Route zugewandt, bis die Nachricht, dass Conan mit seinem Gefangenen Afghanistan noch nicht erreicht hatte, ihn dazu veranlasste, nach Süden zu wenden und rücksichtslos weiterzugehen, in der Hoffnung, den Kimmerier in den Bergen zu überholen.

"Du solltest mir also lieber sagen, wo die Devi ist", schlug Kerim Shah vor. "Wir sind in der Überzahl ..."

"Lass einen deiner Hunde an einen Schaft klopfen, und ich werfe dich über die Klippe", versprach Conan. Es würde dir sowieso nicht helfen, mich zu töten. Fünfhundert Afghanen sind mir auf der Spur, und wenn sie merken, dass du sie betrogen hast, werden sie dich lebendig häuten. Jedenfalls habe ich die Devi nicht. Sie ist in den Händen der Schwarzen Seher von Yimsha."

"Tarim!" fluchte Kerim Shah leise, zum ersten Mal aus der Fassung geschüttelt. "Khemsa-"

"Khemsa ist tot", grunzte Conan. Seine Meister schickten ihn auf einem Erdrutsch in die Hölle. Und jetzt gehen

Sie mir aus dem Weg. Ich würde dich gerne töten, wenn ich die Zeit hätte, aber ich bin auf dem Weg nach Yimsha".

"Ich werde mit dir gehen", sagte der Turanier abrupt.

Conan lachte ihn aus. "Glaubst du, ich würde dir vertrauen, du hyrkanischer Hund?"

"Darum bitte ich dich nicht," erwiderte Kerim Shah. "Wir wollen beide die Devi. Du kennst meinen Grund; König Ezdigerd möchte ihr Königreich seinem Reich und sie selbst in seinem Serail hinzufügen. Und ich kannte dich in den Tagen, als du ein Hetman der Kosakensteppe warst; daher weiß ich, dass dein Ehrgeiz darin besteht, eine große Beute zu machen. Du willst Vendhya plündern und ein riesiges Lösegeld für Yasmina herausschlagen. Nun, machen wir uns vorerst keine Illusionen über einander, vereinen unsere Kräfte und versuchen, die Devi vor den Sehern zu retten. Wenn uns das gelingt und wir überleben, können wir es ausfechten, um zu sehen, wer sie behält."

Conan betrachtete die Gegenseite einen Moment lang genau und nickte dann, wobei er den Arm des Turaniers freigab. "Einverstanden; was ist mit deinen Männern?"

Kerim Shah wandte sich an den schweigenden Irakzai und sprach kurz: "Dieser Häuptling und ich gehen nach Yimsha, um gegen die Zauberer zu kämpfen. Werden sie mit uns gehen oder bleiben Sie hier, um von den Afghanen, die diesem Mann folgen, gehäutet zu werden?"

Sie sahen ihn mit grimmig-fatalistischen Augen an. Sie waren dem Untergang geweiht, und sie wussten es - sie wussten es, seit die singenden Pfeile der in den Hinterhalt gelockten Dagozai sie vom Shalizah-Pass zurückgetrieben hatten. Die Männer des unteren Zhaibar hatten zu viele üble Blutfehden unter den Cragbauern. Sie waren eine zu kleine Schar, um sich ohne die Führung des listigen Turaniers durch die Hügel zu den Dörfern an der Grenze zurückzukämpfen. Sie betrachteten sich selbst bereits als tot, und so gaben sie die Antwort, die nur Tote geben würden: "Wir werden mit Euch gehen und auf Yimsha sterben".

"Dann lass uns im Namen von Crom fortgehen", grunzte Conan, der vor Ungeduld zappelte, als er in die blauen Abgründe der sich vertiefenden Dämmerung aufbrach. "Meine Wölfe waren Stunden hinter mir, aber wir haben teuflisch viel Zeit verloren."

Kerim Shah stellte sein Pferd zwischen dem schwarzen Hengst und der Klippe zurück, schob sein Schwert in die Scheide und drehte das Pferd vorsichtig um. Die Bande war gerade dabei, den Weg so schnell wie möglich zu bewältigen. Sie kamen auf dem Kamm fast eine Meile östlich der Stelle heraus, an der Khemsa den Kimmerier und die Devi aufgehalten hatte. Der Weg, den sie zurückgelegt hatten, war selbst für die Bergbewohner gefährlich, und deshalb hatte Conan ihn an jenem Tag vermieden, als er Yasmina trug, obwohl Kerim Schah, der ihm folgte, ihn genommen hatte, weil er annahm, dass der Kimmerier das Gleiche getan hatte. Sogar Conan seufzte erleichtert, als die Pferde über den letzten Grat hinaufkletterten. Sie bewegten sich wie Phantomreiter durch ein verzaubertes Reich der Schatten. Das weiche Knarren des Leders, das Klirren des Stahls markierte ihr Vorübergehen, dann wieder lagen die dunklen Berghänge nackt und still im Sternenlicht.

8 Yasmina bekommt einen Schock.

Yasmina hatte nur Zeit für einen Schrei, als sie sich in diesen karminroten Wirbel eingehüllt und mit entsetzlicher Wucht von ihrem Beschützer gerissen fühlte. Sie schrie einmal, und dann hatte sie keinen Atem zum Schreien. Sie wurde geblendet, betäubt, stumm gemacht und schließlich durch das schreckliche Rauschen der Luft um sie herum besinnungslos. Sie hatte ein benommenes Gefühl von schwindelerregender Höhe und betäubender Geschwindigkeit, einen verworrenen Eindruck von wahnwitzigen Natureindrücken, und dann Schwindel und Vergessen.

Eine Spur dieser Empfindungen hing an ihr, als sie das Bewusstsein wieder erlangte; so schrie sie auf und klammerte wild um sich, als wolle sie einen kopflosen und unfreiwilligen Flug durchführen. Ihre Finger schlossen sich auf weichem Stoff, und ein erleichterndes Gefühl der Stabilität durchdrang sie. Sie nahm ihre Umgebung zur Kenntnis.

Sie lag auf einem mit schwarzem Samt bedeckten Podest. Dieses Podest stand in einem großen, dämmrigen Raum, dessen Wände mit düsteren Wandteppichen bespannt waren, über die sich kriechende Drachen mit abstoßendem Realismus ausbreiteten. Schwebende Schatten deuteten nur die hohe Decke an, und in den Ecken lauerte Finsternis, die sich einer Illusion bediente. Es schien weder Fenster noch Türen in den Wänden zu geben, oder aber sie wurden von den Wandteppichen in der Nacht verdeckt. Woher das gedämpfte Licht kam, konnte Yasmina nicht feststellen. Der große Raum war ein Reich der Geheimnisse oder Schatten und schattenhaften Formen, bei denen sie nicht hätte schwören können, eine Bewegung zu beobachten, die aber in ihrem Geist einen düsteren und formlosen Schrecken auslösten.

Doch ihr Blick fixierte sich auf einen greifbaren Gegenstand. Auf einem anderen, kleineren Podest, ein paar Meter entfernt, saß ein Mann im Schneidersitz und blickte sie nachdenklich an. Sein langes, schwarzes, mit Goldfäden besticktes Samtgewand fiel locker über ihn und verdeckte seine Figur. Seine Hände waren in den Ärmeln verschränkt. Auf dem Kopf trug er eine Samtmütze. Sein Gesicht war ruhig, gelassen, nicht unansehnlich, seine Augen leuchteten und waren leicht schräg. Er bewegte keinen einzigen Muskel, als er sich zu ihr setzte, und auch sein Gesichtsausdruck änderte sich nicht, als er sah, dass sie bei Bewusstsein war.

Yasmina fühlte, wie die Angst wie Eiswasser über ihre geschmeidige Wirbelsäule kroch. Sie hob sich auf ihre Ellbogen und starrte den Fremden besorgt an.

Sie fragte: "Wer sind Sie?" Ihre Stimme klang spröde und schwach.

"Ich bin der Meister von Yimsha." Die Stimme klang reich und resonant, wie die sanften Töne einer Tempelglocke.

"Warum haben Sie mich hierher gebracht?", wollte sie wissen.

"Haben Sie mich nicht gesucht?"

"Wenn Sie einer der Schwarzen Seher sind - ja!", antwortete sie leichtfertig, da sie glaubte, dass er ihre Gedanken sowieso lesen könne.

Er lachte leise und ein Schauer kroch ihren Rücken hinauf und wieder hinunter.

"Sie würden die wilden Kinder der Hügel gegen die Seher von Yimsha aufbringen", lächelte er. "Ich habe es in Euren Gedanken gelesen, Prinzessin. In Eurem schwachen, menschlichen Verstand, der voller kleinlicher Träume von Hass und Rache ist."

"Sie haben meinen Bruder getötet!" Eine steigende Flut von Wut wetteiferte mit ihrer Angst; ihre Hände waren geballt, ihr geschmeidiger Körper starr. "Warum haben Sie ihn verfolgt? Er hat Ihnen nie etwas getan. Die Priester sagen, dass die Seher über die Einmischung in menschliche Angelegenheiten erhaben sind. Warum haben Sie den König von Vendhya vernichtet?"

Wie kann ein normaler Mensch die Motive eines Sehers verstehen?", erwiderte der Meister ruhig. Meine Gefolgsleute in den Tempeln von Turan, die die Priester hinter den Priestern von Tarim sind, drängten mich, dass ich mich im Namen des Yezdigerd einsetzen solle. Aus meinen eigenen Gründen kam ich dem nach. Wie kann ich Ihrem mickrigen Intellekt meine mystischen Gründe erklären? Sie könnten es nicht verstehen".

"Ich verstehe das: dass mein Bruder gestorben ist!" Tränen der Trauer und Wut zitterten in ihrer Stimme. Sie erhob sich auf die Knie und starrte ihn mit großen, brennenden Augen an, so geschmeidig und gefährlich in diesem Moment wie eine Pantherin.

"Wie Yezdigerd wünschte", stimmte der Meister ruhig zu. "Eine Zeit lang war es meine Laune, seine Ambitionen zu fördern."

"Ist Yezdigerd Ihr Vasall?" Yasmina versuchte, das Timbre ihrer Stimme unverändert zu lassen. Sie hatte gefühlt, wie ihr Knie etwas Hartes und Symmetrisches unter eine Samtfalte drückte. Subtil verlagerte sie ihre Position und bewegte ihre Hand unter die Falte.

"Ist der Hund, der die Innereien im Tempelhof aufleckt, ein Vasall eines Gottes?", erwiderte der Meister.

Er schien die Handlungen, die sie zu verbergen suchte, nicht zu bemerken. Vom Samt verborgen, schlossen sich ihre Finger auf dem, wie sie wusste, goldenen Dolchgriff.

Sie beugte ihren Kopf, um das Licht des Triumphes in ihren Augen zu verbergen.

"Ich bin des Yezdigerd überdrüssig", sagte der Meister. "Ich habe mich anderen Vergnügungen zugewandt - ha!"

Mit einem heftigen Schrei sprang Yasmina wie eine Dschungelkatze auf, und stach mörderisch zu. Dann stolperte sie und rutschte auf den Boden, wo sie kauernd zu dem Mann auf dem Podest aufblickte. Er hatte sich nicht bewegt; sein kryptisches Lächeln war unverändert. Zitternd hob sie ihre Hand und starrte ihn mit geweiteten Augen an. Sie hatte keinen Dolch in den Fingern; sie hielt einen goldenen Lotosstiel in der Hand, die zerdrückten Blüten hingen an dem zerschlagenen Stiel.

Sie ließ ihn fallen, als wäre er eine Viper gewesen, und kroch aus der Nähe ihres Peinigers weg. Sie kehrte zu ihrem eigenen Podest zurück, denn das war zumindest für eine Königin würdevoller, als zu Füßen eines Zauberers auf dem Boden zu kriechen, und blickte ihn besorgt an, in der Erwartung von Vergeltungsmaßnahmen.

Aber der Meister machte keine Anstalten.

"Alle Substanz ist eins mit dem, der den Schlüssel zum Kosmos hält", sagte er kryptisch. "Für einen Adepten ist nichts unveränderlich. Nach Belieben blühen Stahlblüten in unbenannten Gärten oder blitzen Blumenschwengel im Mondlicht auf."

"Sie sind ein Teufel", schluchzte sie.

"Ich nicht!", lachte er. "Ich bin auf diesem Planeten geboren, vor langer Zeit. Einst war ich ein gewöhnlicher Mensch, und ich habe auch nicht alle menschlichen Eigenschaften in den unzähligen Äonen meiner Adeptenschaft verloren. Ein Mensch, der von den dunklen Künsten durchdrungen ist, ist größer als der Teufel. Ich bin menschlichen Ursprungs, aber ich herrsche über Dämonen. Sie haben die Herren des Schwarzen Zirkels gesehen - es würde Ihre Seele sprengen, wenn Sie hören würden, aus welchem fernen Reich ich sie beschwöre und wie ich sie mit verschnörkeltem Kristall und goldenen Schlangen bewache."

"Aber nur ich kann sie beherrschen. Mein törichter Khemsa dachte, er würde sich selbst zum großen Narren machen - er sprengte materielle Türen und stürzte sich und seine Geliebte von Hügel zu Hügel durch die Luft! Doch wäre er nicht vernichtet worden, wäre seine Macht vielleicht so groß geworden, dass sie mit der meinen hätte rivalisieren können."

Er lachte wieder. "Und du, armes, dummes Ding! Sie planten, einen haarigen Hügelchef zu schicken, um Yimsha zu stürmen! Es war ein ziemlicher Scherz, den ich selbst hätte entwerfen können, wenn ich daran gedacht hätte, dass Sie in seine Hände fallen könnten. Und ich las in Ihrem kindlichen Verstand Ihre Absicht, durch Ihre weiblichen Verführungskünste Ihr Vorhaben zu verwirklichen."

"Aber trotz all Ihrer Dummheit sind Sie eine Frau, die man gerne ansieht. Es ist meine Laune, Sie als meine Sklavin zu halten."

Die Tochter von tausend stolzen Kaisern keuchte vor Scham und Wut über das Wort.

"Das wagen Sie nicht!

Sein spöttisches Lachen traf sie wie eine Peitsche auf ihren nackten Schultern.

"Der König wagt es nicht, einen Wurm auf der Straße zu zertrampeln? Kleine Närrin, ist dir nicht klar, dass dein königlicher Stolz nicht mehr ist als ein Strohhalm, der vom Wind geweht wird? Ich, der ich die Küsse der Königinnen der Hölle gekannt habe! Du hast gesehen, wie ich mit einem Rebellen umgehe!"

Gekauert und in Ehrfurcht, hockte das Mädchen auf dem samtbedeckten Podest. Das Licht wurde dunkler und phantomhafter. Die Züge des Meisters wurden schattig. Seine Stimme nahm einen neuen Tonfall an.

"Ich werde Ihnen niemals nachgeben! Ihre Stimme zitterte vor Furcht, aber sie hatte einen Klang der Entschlossenheit.

"Du wirst dich ergeben", antwortete er mit erschreckender Überzeugung. "Furcht und Schmerz werden dich lehren. Ich werde dich mit Schrecken und Qualen bis zum letzten zitternden Gramm deiner Ausdauer auspeitschen, bis du so geschmolzenes Wachs wirst, dass du in meinen Händen gebogen und geformt werden kannst, wie ich es wünsche. Du sollst eine solche Disziplin kennenlernen, wie sie keine sterbliche Frau je gekannt hat, bis mein geringster Befehl an dich als der unveränderliche Wille der Götter gilt. Und zunächst sollst du, um deinen Stolz zu besiegen, durch die vergangenen Jahrhunderte zurückkreisen und alle die Gestalten betrachten, die du gewesen bist. Aie, yil la khosa!"

Bei diesen Worten schwamm der schattige Raum vor Yasminas erschrockenem Blick. Die Haarwurzeln kribbelten in der Kopfhaut, und ihre Zunge wölbte sich zum Gaumen. Irgendwo gab ein Gong eine tiefe, unheilvolle Note von sich. Die Drachen auf den Wandteppichen glühten wie blaues Feuer und verschwanden dann. Der Meister auf seinem Podest war nur ein unförmiger Schatten. Das gedämpfte Licht wich einer weichen, dichten, fast greifbaren Dunkelheit, die mit seltsamen Ausstrahlungen pulsierte. Sie konnte den Meister nicht mehr sehen. Sie konnte nichts mehr sehen. Sie hatte das seltsame Gefühl, dass sich die Wände und die Decke weit von ihr entfernt hatten.

Dann begann irgendwo in der Dunkelheit ein Leuchten, wie ein Glühwürmchen, das sich rhythmisch verdunkelte und beschleunigte. Es wuchs zu einer goldenen Kugel, und während es sich ausdehnte, wurde sein Licht intensiver und flammend weiß. Plötzlich zersprang die Kugel und überschüttete die Dunkelheit mit weißen Funken, die die Schatten nicht erhellten. Aber wie ein Eindruck, der in der

Dunkelheit entstand, blieb eine schwache Leuchtkraft zurück und enthüllte einen schlanken, düsteren Schacht, der aus dem schattigen Boden aufstieg. Unter dem geweiteten Blick des Mädchens breitete er sich aus, nahm Gestalt an; Stängel und breite Blätter erschienen, und große schwarze, giftige Blüten, die sich über sie erhoben, als sie sich gegen den Samt krümmte. Ein subtiler Duft durchdrang die Luft. Es war die schreckliche Gestalt des schwarzen Lotus, der aufwuchs, während sie zusah, wie er in den spukhaften, verbotenen Dschungeln von Khitai gedeihte.

Die breiten Blätter murmelten vom bösen Leben. Die Blüten beugten sich wie empfindungsfähige Dinge zu ihr hin und nickten schlangenartig auf geschmeidigen Stielen. Gegen weiche, undurchdringliche Dunkelheit gerichtet, ragte es über sie, gigantisch, schwarz und auf irgendeine verrückte Weise sichtbar. Ihr Gehirn spukte im Drogengeruch und sie versuchte, vom Podium zu krabbeln. Dann klammerte sie sich daran fest, als sie sich in einer unmöglichen Schräglage zu bewegen schien. Sie schrie vor Angst auf und klammerte sich an den Samt, aber sie fühlte, wie ihre Finger rücksichtslos weggerissen wurden. Es entstand ein Gefühl, als würden alle Vernunft und Stabilität bröckeln und verschwinden. Sie war ein zitterndes Atom der Empfindsamkeit, das von einem tosenden Wind durch eine schwarze, tosende, eisige Leere getrieben wurde, wobei das schwache Flackern ihres beseelten Lebens wie eine im Sturm ausgeblasene Kerze zu erlöschen drohte.

Dann kam eine Phase blinder Impulse und Bewegungen, in der sich das Atom, das sie war, mit unzähligen anderen Atomen des entstehenden Lebens im heftigen Morast der Existenz vermischte und verschmolz, geformt von prägenden Kräften, bis sie als bewusstes Individuum wieder auftauchte und eine endlose Spirale von Lebensabläufen durchlaufen musste.

In einem Nebel des Schreckens durchlebte sie all ihre früheren Existenzen, erkannte und war wieder all die Körper, die ihr Ego durch die wechselnden Zeitalter getragen hatten. Auf dem langen, mühsamen Lebensweg, der sich bis in die Urzeit hinein erstreckte, bekam sie wieder blaue Flecken an den Füßen. Zurück jenseits der düstersten Morgendämmerung der Zeit kauerte sie zitternd in den Urwäldern, gejagt von geifernden Raubtieren. Mit nackter Haut watete sie schenkeltief in Reissümpfen und kämpfte mit quäkenden Wasservögeln um die kostbaren Körner. Sie arbeitete mit den Ochsen, um den spitzen Stock durch die hartnäckige Erde zu ziehen, und kauerte endlos über die Webstühle in den Bauernhütten.

Sie sah, wie ummauerte Städte in Flammen aufgingen, und floh schreiend vor den Jägern. Sie taumelte nackt und blutend über den glühenden Sand, zog am Steigbügel des Sklavenhändlers, und sie kannte den Griff heißer, wilder Hände auf ihrem sich windenden Fleisch, die Scham und die Qual brutaler Lust vor Augen. Sie schrie unter dem Peitschenschlag und stöhnte auf der Folterbank; wahnsinnig vor Angst kämpfte sie gegen die Hände, die ihren Kopf unerbittlich auf den blutigen Block hinunterdrückten.

Sie kannte die Qualen der Geburt und die Bitterkeit der verratenen Liebe. Sie litt unter all dem Leid, dem Unrecht und der Brutalität, die der Mann der Frau im Laufe der Äonen zugefügt hat, und sie ertrug all die Bosheit und die Bösartigkeit von Frauen für Frauen. Und wie der Streich einer feurigen Peitsche war das Bewusstsein, das sie von ihrem Devi-Sein behielt. Sie war all die Frauen, die sie je gewesen war, doch in ihrem Wissen war sie Yasmina. Dieses Bewusstsein ging in den Wirren der Reinkarnation nicht verloren. Gleichzeitig war sie eine nackte Sklavin, die unter der Peitsche kroch, und die stolze Devi von Vendhya. Und sie litt nicht nur wie das Sklavenmädchen, sondern auch wie Yasmina, für deren Stolz die Peitsche wie ein weißglühendes Brandmal war.

Das Leben verschmolz im fliegenden Chaos, jedes mit seiner Last von Leid und Scham und Qualen, bis sie schwach ihre eigene Stimme unerträglich schreien hörte, wie ein langgezogener Schmerzensschrei, der durch die Zeitalter hallte.

Dann erwachte sie auf dem samtbedeckten Podium im mystischen Raum.

In einem gespenstisch grauen Licht sah sie wieder das Podest und die darauf sitzende, kryptisch gekleidete Gestalt. Der Kopf mit der Kapuze war gebeugt, die hohen Schultern schwach gegen die unsichere Dämmerung gezeichnet. Sie konnte keine Details klar erkennen, aber die Kapuze, wo die Samtmütze gewesen war, erregte in ihr ein formloses Unbehagen. Als sie starrte, überkam sie eine namenlose Angst, die ihre Zunge an ihrem Gaumen festhielt - ein Gefühl, dass es nicht der Meister war, der so still auf dem schwarzen Podest saß.

Dann bewegte sich die Gestalt und richtete sich auf und stellte sich über sie. Die Gestalt beugte sich herab und die langen Arme in den weiten schwarzen Ärmeln bogen sich um sie. Sie kämpfte in sprachlosem Schrecken gegen diese, überrascht von ihrer mageren Härte. Der Kopf mit der Kapuze beugte sich zu ihrem abgewandten Gesicht hinunter. Und sie schrie und schrie wieder in schrecklicher Angst und Abscheu. Knochige Arme umklammerten ihren geschmeidigen Körper, und aus dieser Kapuze blickte ein Antlitz des Todes und der Verwesung hervor - Merkmale wie verrottendes Pergament auf einem modernden Schädel.

Sie schrie wieder, und dann, als sich die keuchenden, grinsenden Kiefer zu ihren Lippen beugten, verlor sie das Bewusstsein ...

9 Die Burg der Zauberer

Die Sonne war über den weißen Himelianischen Gipfeln aufgegangen. Am Fuße eines langen Hanges hielt eine Gruppe von Reitern an und starrte nach oben. Hoch über ihnen erhob sich ein Steinturm, der auf dem Platz des Berghangs stand. Jenseits und oberhalb davon schimmerten die Mauern eines größeren Bergfrieds, nahe der Linie, an der der Schnee begann, der Yimshas Bergspitze bedeckte. Ein Hauch von Unwirklichkeit war zu spüren, als sich die ganz lilafarbenen Hänge bis zu dieser fantastischen, spielzeugähnlichen Burg hinaufzogen, und darüber der weiß gleißende Gipfel, der das kalte Blau schulterte.

"Wir lassen die Pferde hier", grunzte Conan. Dieser tückische Hang ist sicherer für einen Mann zu Fuß. Außerdem sind sie geschafft.

Er schwang sich von dem schwarzen Hengst herunter, der mit weit gespreizten Beinen und hängendem Kopf dastand. Sie hatten die Pferde die ganze Nacht hindurch energisch vorangetrieben, nagten an den Resten aus den Satteltaschen und hielten nur inne, um den Pferden die nötige Ruhe zu gönnen.

"Dieser erste Turm wird von den Gefolgsleuten der Schwarzen Seher gehalten", sagte Conan. So sagen die Menschen: Wachhunde für ihre Herren - weniger Zauberer. Sie werden nicht da sitzen und an ihren Daumen lutschen, während wir diesen Hang hinaufsteigen".

Kerim Shah blickte den Berg hinauf, dann wieder zurück auf den Weg, den sie gekommen waren; sie waren bereits weit oben an Yimshas Flanke, und unter ihnen breitete sich eine riesige Fläche von kleineren Gipfeln und Felsen aus. Unter diesen Labyrinthen suchte der Turaner vergeblich nach einer Bewegung in Farbe, die die Menschen verraten würde. Offensichtlich hatten die verfolgten Afghanen in der Nacht die Spur ihrer Häuptlinge verloren.

"Dann lasst uns gehen". Sie banden die müden Pferde in einem Tamariskenbüschel zusammen und wendeten sich ohne weiteren Kommentar den Hang hinauf. Es gab keine Deckung. Es war ein nackter Hang, übersät mit Felsblöcken, die nicht groß genug waren, um einen Mann zu verbergen. Aber sie verbargen etwas anderes.

Die Gruppe war noch keine fünfzig Schritte gegangen, als eine knurrende Gestalt hinter einem Felsen hervorbrach. Es war einer der mageren, wilden Hunde, die die Bergdörfer heimsuchten, und seine Augen glühten rot, sein Kiefer voller Schaum. Conan führte, aber der Hund griff ihn nicht an. Er raste an ihm vorbei und sprang auf Kerim Shah zu. Der Turanier sprang zur Seite, und der große Hund warf sich auf den Irakzai hinter ihm. Der Mann schrie und warf seinen Arm hoch, wobei dieser von den Reißzähnen des Tieres zerrissen wurde, als er ihn nach hinten führte, und im nächsten Augenblick hackten ein halbes Dutzend Tulwars auf dem Tier herum. Doch erst als es buchstäblich zerstückelt war, hörte die grässliche Kreatur auf, ihre Angreifer zu packen und zu zerfleischen.

Kerim Shah verband den angeschlagenen Arm des verwundeten Kriegers, sah ihn kurz an und wandte sich dann wortlos ab. Er schloss sich Conan wieder an, und sie stiegen erneut schweigend auf.

Derweil sagte Kerim Shah: "Es ist seltsam, an diesem Ort einen Dorfhund zu finden".

"Hier gibt es keine Innereien", grunzte Conan.

Beide drehten ihre Köpfe um und blickten zurück auf den verwundeten Krieger, der sich unter seinen Gefährten abrackerte. Der Schweiß glitzerte auf seinem dunklen Gesicht, und seine Lippen zogen sich vor Schmerz von den

Zähnen zurück. Dann blickten beide wieder auf den Steinturm, der über ihnen thronte.

Eine schläfrige Stille lag über dem Hochland. Der Turm zeigte kein Lebenszeichen, ebenso wenig wie die seltsame Pyramidenstruktur jenseits des Turms. Aber die Männer, die sich nach oben schufteten, gingen mit der Anspannung von Menschen, die am Rand eines Kraters entlang gingen. Kerim Shah hatte den mächtigen turanischen Bogen, der auf fünfhundert Schritte tötete, abgenommen, und die Irakzai blickten auf ihre eigenen leichteren und weniger tödlichen Bögen.

Aber sie waren nicht in Reichweite eines Bogenschusses zum Turm, als etwas ohne Vorwarnung vom Himmel herunter schoss. Es flog so nah an Conan vorbei, dass er den Wind von rauschenden Flügeln spürte, aber es war ein Irakzai, der taumelte und fiel, wobei Blut aus der durchtrennten Halsschlagader spritzte. Ein Falke mit Flügeln wie brünierter Stahl schoss wieder hoch, Blut tropfte aus dem Krummsäbelschnabel, um am Himmel zu taumeln, als die Bogensehne von Kerim Shah zupfte. Er fiel wie ein Senkblei, aber niemand sah, wo er auf die Erde schlug.

Conan beugte sich über das Opfer des Angriffs, aber der Mann war bereits tot. Niemand sprach; es ist nutzlos, die Tatsache zu kommentieren, dass noch nie zuvor ein Falke auf einen Mann eingeschlagen hatte. Die blanke Wut begann mit der fatalistischen Lethargie in den wilden Seelen der Irakzai zu wetteifern. Behaarte Finger klapperten mit Pfeilen und Männer starrten rachsüchtig auf den Turm, dessen Schweigen sie verspottete.

Aber der nächste Angriff kam schnell. Sie alle sahen ihn - eine weiße Rauchwolke, die über den Turmrand herabkam und den Hang hinunter auf sie zu rollte und trieb. Weitere folgten ihr. Sie schienen harmlos, nur wollige Kugeln aus trübem Schaum, aber Conan trat zur Seite, um den Kontakt mit dem ersten Ball zu vermeiden. Hinter ihm streckte einer der Irakzai die Hand aus und stieß sein Schwert in die instabile Masse. Sofort erschütterte ein scharfer Schlag den Berghang. Es gab einen blendenden Flammenstoß, und dann war der Puffball verschwunden, und der allzu neugierige Krieger war nur noch ein Haufen verkohlter und geschwärzter Knochen. Die verkohlte Hand griff noch immer nach dem elfenbeinfarbenen Schwertgriff, aber die Klinge war geschmolzen und durch die furchtbare Hitze zerstört. Doch die Männer, die fast in Reichweite des Opfers standen, hatten nicht gelitten, außer dass sie durch das plötzliche Aufflackern geblendet und halb blind waren.

"Stahl löst es aus", rief Conan. "Pass auf - hier kommen sie!"

Der Hang über ihnen wurde fast von den wabernden Kugeln verdeckt. Kerim Shah spannte seinen Bogen und schickte einen Pfeil in die Masse, und die vom Pfeil Berührten zerplatzten wie Blasen mit einer Stichflamme. Seine Männer folgten seinem Beispiel, und in den nächsten Minuten war es, als ob ein Gewitter am Berghang wütete, mit Blitzen, die in Flammenschauern einschlugen und aufplatzten. Als das Sperrfeuer aufhörte, waren nur noch wenige Pfeile in den Köchern der Bogenschützen übrig.

Sie drangen grimmig weiter, über verkohlte und geschwärzte Erde, wo das nackte Gestein durch die Explosion dieser teuflischen Bomben stellenweise in Lava verwandelt worden war.

Nun waren sie fast in Pfeilnähe des lautlosen Turms, und sie weiteten ihre Reihe aus, mit gespannten Nerven, bereit für jeden Schrecken, der über sie herabfallen könnte.

Auf dem Turm erschien eine einzelne Gestalt, die ein zehn Fuß hohes Bronzehorn erhob. Sein schrilles Brausen dröhnte über die widerhallenden Hänge, wie das Trompetengeheul am Jüngsten Tag. Und es begann, ängstlich beantwortet zu werden. Der Boden zitterte unter den Füßen der Eindringlinge, und aus den unterirdischen Tiefen dröhnte und knirschte es.

Die Irakzai schrien, wie betrunkene Männer auf dem bebenden Abhang, und Conan, mit gleißenden Augen, stürmte mit dem Messer in der Hand rücksichtslos den Abhang hinauf, direkt auf den Eingang, der in der Turmmauer zu sehen war. Über ihm dröhnte und brüllte das große Horn in brutalem Hohn. Und dann zog Kerim Shah einen Pfeil ans Ohr und ließ ihn los.

Nur ein Turanier hätte diesen Schuss machen können. Das Horn hörte plötzlich auf zu brüllen, und ein hoher, dünner Schrei schrillte an seiner Stelle. Die Gestalt mit dem grünen Gewand auf dem Turm taumelte, klammerte sich an den langen Pfeil, der in seiner Brust bebte, und kippte dann über die Brüstung. Das große Horn stürzte auf die Zinne und hing instabil, und eine andere Gestalt in Roben eilte zu ihm, um es zu ergreifen, und schrie vor Entsetzen. Wieder pfiff der turanische Bogen, und wieder wurde er mit einem Todesheulen beantwortet. Der zweite Gefolgsmann schlug beim Fallen mit dem Ellbogen auf das Horn und stieß es klappernd über die Brüstung, sodass es weit unten an den Felsen zerschellte.

Conan hatte den Weg mit solcher Geschwindigkeit zurückgelegt, dass er auf die Tür einschlug, bevor das klappernde Echo des Sturzes verhallt war. Von seinem wilden Instinkt gewarnt, wich er plötzlich zurück, als eine Flut geschmolzenen Bleis von oben herab spritzte. Doch im nächsten Augenblick war er wieder da und griff die Türflügel mit verdoppelter Wut an. Die Tatsache, dass seine Feinde zu irdischen Waffen gegriffen hatten, machte seinen Zorn noch intensiver. Die Zauberei der Akolythen war begrenzt. Ihre nekromantischen Ressourcen könnten durchaus erschöpft sein.

Kerim Shah eilte den Hang hinauf, seine Bergmänner hinter ihm in einer sichelförmigen Bewegung. Sie rannten los, ihre Pfeile zersplitterten an den Mauern oder stießen über die Brüstung.

Das schwere Teakholz-Portal gab unter dem Angriff des Kimmeriers nach, und er spähte vorsichtig hinein und wartete auf irgendetwas. Er blickte in eine kreisförmige Kammer, aus der sich eine Treppe nach oben schraubte. Auf der gegenüberliegenden Seite der Kammer klaffte eine Tür auf und gab den Blick frei auf die Außenwand und die Rückseiten von einem halben Dutzend Gestalten in grünen Gewändern, die sich komplett zurückgezogen hatten.

Conan brüllte, machte einen Schritt in den Turm, und dann riss ihn die Wachsamkeit eines Einheimischen zurück, gerade als ein großer Steinblock zu Boden fiel, wo sein Fuß einen Augenblick zuvor gewesen war. Er rief seinen Mitstreitern zu und rannte um den Turm herum.

Die Akolythen hatten ihre erste Verteidigungslinie evakuiert. Als Conan den Turm umrundete, sah er ihre grünen Gewänder vor sich auf dem Berg aufleuchten. Er verfolgte sie, hechelte vor lauter Blutgier, und hinter ihm kamen Kerim Schah und die Irakzai, die wie Wölfe auf der Flucht vor ihren Feinden schrien, deren Fatalismus kurzzeitig durch einen vorübergehenden Triumph übertroffen wurde.

Der Turm stand am unteren Rand eines schmalen Plateaus, dessen Aufwärtsneigung kaum wahrnehmbar war. Wenige hundert Meter entfernt endete dieses Plateau abrupt an einem Graben, der weiter unten im Berg unsichtbar gewesen war. In diese Senke sprangen die Gefolgsleute anscheinend, ohne ihre Geschwindigkeit zu bremsen. Ihre Verfolger sahen die grünen Gewänder flattern und über den Rand verschwinden.

Wenige Augenblicke später standen sie selbst am Rande des mächtigen Grabens, der sie von der Burg der Schwarzen Seher abschnitt. Es handelte sich um eine Schlucht, die sich in beide Richtungen so weit wie möglich erstreckte und den Berg scheinbar umgab, etwa vierhundert Meter breit und fünfhundert Meter tief. Und in ihr, von Rand zu Rand, glitzerte und schimmerte ein seltsamer, durchscheinender Nebel.

Als sie nach unten schauten, grunzte Conan. Weit unter ihm befand sich der schimmernde Boden, der wie poliertes Silber glänzte, und er sah die Formen der grün gekleideten Akolythen. Ihre Umrisse waren schwankend und undeutlich, wie Formen, die man unter tiefem Wasser sieht. Sie gingen in einer Reihe und bewegten sich auf die gegenüberliegende Wand zu.

Kerim Shah schickte einen Pfeil los und dieser flog singend nach unten. Doch als er auf den Nebel traf, der den Abgrund ausfüllte, schien er an Schwung und Richtung zu verlieren und weit von seinem Kurs abzuweichen.

"Wenn sie hinuntergingen, können wir das auch", bemerkte Conan, während Kerim Shah seinem Pfeil verwundert hinterher starrte. "Ich sah sie zuletzt an dieser Stelle ..."

Als er hinunter schielte, sah er etwas, das wie ein goldener Faden weit unten über den Canyonboden glänzte. Die Akolythen schienen diesem Faden zu folgen, und plötzlich kamen ihm Khemsas kryptische Worte in den Sinn: "Folge der goldenen Ader! Am Rande, unter seiner Hand, als er sich zusammenkauerte, fand er sie, eine dünne Ader aus funkelndem Gold, die von einem Erzvorkommen zum Rand und über den silberglänzenden Boden nach unten verlief. Und er fand noch etwas anderes, das zuvor wegen der eigenartigen Lichtbrechung für ihn nicht zu sehen gewesen war. Die Goldader folgte einer schmalen Rampe, die schräg in die Schlucht hinunterführte und mit Haltevorrichtungen für Hände und Füße versehen war.

"Hier sind sie hinuntergegangen", rief er Kerim Shah zu. "Sie sind keine Adepten, die sich durch die Luft bewegen! Wir werden ihnen folgen ..."

In diesem Augenblick schrie der Mann, der von dem verrückten Hund gebissen worden war, schrecklich auf und sprang auf Kerim Shah zu, wobei er schäumte und mit den Zähnen knirschte. Der Turanier, schnell wie eine Katze auf den Beinen, sprang zur Seite und der Verrückte warf sich kopfüber über den Rand. Die anderen eilten zum Scheitel und blickten ihm erstaunt nach. Der Verrückte fiel nicht sturzartig. Er schwebte langsam durch den rosigen Dunst nach unten, wie ein Mann, der im tiefen Wasser versinkt. Seine Gliedmaßen bewegten sich wie ein Mann, der zu schwimmen versuchte, und seine Gesichtszüge waren violett und krampften über die Verrenkungen seines Wahnsinns noch hinaus. Weit unten schließlich auf dem glänzenden Boden setzte sich sein Körper ab und lag still.

"In diesem Abgrund wartet der Tod", murmelte Kerim Shah und zog sich von dem rosigen Nebel zurück, der fast zu seinen Füßen schimmerte. "Was nun, Conan?"

"Weiter!", antwortete der Kimmerier grimmig. Diese Gefolgsleute sind Menschen; wenn der Nebel sie nicht tötet, wird er auch mich nicht töten.

Er schnallte den Riemen fester, und seine Hände berührten den Gürtel, den Khemsa ihm geschenkt hatte; er blickte finster drein und lächelte dann finster. Er hatte den Gürtel vergessen, doch dreimal war der Tod an ihm vorbeigegangen, um ein anderes Opfer zu treffen.

Die Akolythen hatten die weiter entfernte Mauer erreicht und bewegten sich wie große grüne Fliegen an ihr hinauf. Er ließ sich auf die Rampe fallen und stieg vorsichtig hinab. Die rosige Wolke legte sich um seine Knöchel und stieg auf, als er sich senkte. Sie erreichte seine Knie, seine Oberschenkel, seine Taille, seine Achselhöhlen. Er fühlte sich an, wie man in einer feuchten Nacht einen dichten, schweren Nebel spürt. Er zögerte, als der Nebel sich um sein Kinn legte, und duckte sich dann darunter. Sofort hörte sein Atem auf; alle Luft wurde ihm abgeschnürt, und er fühlte, wie seine Rippen auf seine Vitalfunktionen eindrückten. Mit einer verzweifelten Anstrengung hievte er sich hoch und kämpfte um sein Leben. Sein Kopf hob sich über die Oberfläche und er trank in großen Schlucken Luft.

Kerim Shah beugte sich zu ihm hinunter, sprach mit ihm, aber Conan hörte und beachtete ihn nicht. Hartnäckig fixierte sich sein Geist auf das, was der sterbende Khemsa ihm gesagt hatte, der Kimmerier tastete nach der Goldader und stellte fest, dass er sich bei seinem Hinabsteigen von ihr entfernt hatte. In der Rampe waren mehrere Reihen von Handgriffen in einer Vertiefung angebracht. Er stellte sich direkt über den Faden und begann wieder hinunterzuklettern. Der rosarote Nebel stieg um ihn herum auf und verschlang ihn. Nun war sein Kopf untergetaucht, aber er atmete noch immer reine Luft. Über ihm sah er seine Gefährten, die ihn anstarrten, ihre Züge verwischten sich durch den Dunst, der über seinem Kopf schimmerte. Er gestikulierte, dass sie ihm folgen würden, und ging schnell hinunter, ohne abzuwarten, ob sie sich fügen oder nicht.

Kerim Shah steckte sein Schwert kommentarlos in die Scheide und folgte ihm, und der Irakzai, der mehr Angst davor hatte, allein gelassen zu werden, als vor den Schrecken, die unter ihm lauern könnten, kämpfte sich hinter ihm her. Jeder Mann klammerte sich an den goldenen Faden, wie sie es bei dem Kimmerier sahen.

Sie gingen die schräge Rampe hinunter zum Boden der Schlucht und bewegten sich über die glänzende Ebene hinaus, wobei sie wie Seiltänzer die Goldader beschritten. Es war, als gingen sie durch einen unsichtbaren Tunnel, durch den die Luft frei zirkulierte. Sie fühlten, wie der Tod über und an beiden Händen auf sie drückte, aber er berührte sie nicht.

Die Ader kroch eine ähnliche Rampe an der anderen Wand hinauf, auf der die Gefolgsleute verschwunden waren, und sie gingen mit angespannten Nerven hinauf, ohne zu wissen, was sie zwischen den hervorstehenden Felsvorsprüngen, die die Kante des Abgrunds säumten, erwarten würde.

Es waren die grün gekleideten Gefolgsleute, die sie mit Messern in der Hand erwarteten. Vielleicht hatten sie die Grenze ihrer Möglichkeiten erreicht, um sich zurückzuziehen. Vielleicht hätte der stygische Gürtel um Conans Taille verraten können, warum sich ihre nekromantischen Zauberkräfte so schwach erwiesen und sich so schnell erschöpft hatten. Vielleicht war es das Wissen um den für den Misserfolg angeordneten Tod, das sie aus den Felsen hervorspringen ließ, mit gleißenden Augen und glitzernden Messern, wobei sie in ihrer Verzweiflung zu materiellen Waffen griffen.

Dort zwischen den felsigen Fangzähnen an der Steilkante fand kein Krieg der Zauberei statt. Es war ein Wirbel von Klingen, wo echter Stahl und echtes Blut spritzte, wo sehnige Arme direkte Schläge austeilten, die zitterndes Fleisch durchtrennte, und die Männer gingen zu Boden, um unter den Füßen getreten zu werden, während der Kampf über ihnen tobte.

Einer der Irakzai verblutete zwischen den Felsen, aber die Gefolgsleute wurden niedergestreckt und zerhackt oder über die Kante geschleudert, um träge auf den silbernen Boden zu schweben, der so weit unten leuchtete.

Dann schüttelten sich die Eroberer Blut und Schweiß aus den Augen und sahen sich gegenseitig an. Conan und Kerim Shah standen noch immer aufrecht, und vier der Irakzai.

Sie standen zwischen den spitzen Felszähnen, die den Steilhang säumten, und von dort aus führte ein Weg einen sanften Abhang hinauf zu einer breiten Treppe, die aus einem halben Dutzend Stufen von 30 Metern Durchmesser bestand, die aus einer grünen jadeartigen Substanz herausgeschnitten waren. Sie führten zu einer breiten Bühne oder einer dachlosen Galerie aus demselben glänzenden Stein, und darüber erhob sich Stufe um Stufe die Burg der Schwarzen Seher. Sie schien aus dem schieren Stein des Berges herausgeschlagen worden zu sein. Die Architektur war makellos, aber schmucklos. Die vielen Fensterflügel waren vergittert und mit Vorhängen im Inneren verdeckt. Es gab kein Zeichen von Leben, weder freundlich noch feindselig.

Sie gingen schweigend und vorsichtig den Weg hinauf, wie Männer, die in den Schlupfwinkel einer Schlange eintreten. Die Irakzai waren stumm, wie Männer, die in ein bestimmtes Verhängnis marschieren. Sogar Kerim Shah schwieg. Nur Conan schien sich nicht bewusst zu sein, welch monströse Verschiebung und Entwurzelung des akzeptierten Denkens und Handelns ihre Invasion darstellte, welch beispiellose Verletzung der Tradition. Er kam nicht aus dem Osten; und er stammte von einer Spezies ab, die Teufel und Zauberer so schnell und sachlich bekämpfte, wie sie gegen menschliche Feinde vorging.

Er schritt die glänzende Treppe hinauf und über die weite grüne Galerie geradewegs auf die große, goldfarbene Teakholztür zu, die sich daraufhin öffnete. Er warf nur einen einzigen Blick nach oben auf die höheren Ränge der großen Pyramidenstruktur, die sich über ihm erhob. Er griff nach der bronzenen Spitze, die wie eine Klinke aus der Tür herausragte, und schaute dann vorsichtig und grinsend nach. Die Klinke hatte die Form einer Schlange, den Kopf auf einem gewölbten Hals erhoben; und Conan hatte den Verdacht, dass dieser Metallkopf unter seiner Hand grausiges Leben erlangen würde.

Er schlug ihn mit einem Schlag aus der Tür, und sein bronzenes Klirren auf dem Glasboden minderte seine Vorsicht nicht. Er kippte ihn mit seiner Messerspitze zur Seite und wandte sich wieder der Tür zu. Über den Türmen herrschte völlige Stille. Weit unter ihnen fielen die Berghänge in einen violetten Dunst der Entfernung. Die Sonne glitzerte auf schneebedeckten Gipfeln an beiden Seiten. Hoch oben hing ein Geier wie ein schwarzer Punkt im kalten Blau des Himmels. Doch nur die Männer vor der goldbeschlagenen Tür waren für ihn der einzige Beweis von Leben, winzige Figuren auf einer grünen Jade-Galerie, die in schwindelerregender Höhe balancierten und über die sich ein fantastischer Steinhaufen erhob.

Ein scharfer Wind wehte über sie hinweg und peitschte ihre Lumpen umher. Conans langes Messer, das durch die Teakholzpaneele splitterte, rief ein erschrecktes Echo hervor. Immer wieder schlug er zu und hieb sich durch poliertes Holz und Metallbänder. Durch die zerbrochenen Überreste blickte er ins Innere, wachsam und misstrauisch wie ein Wolf. Er sah eine breite Kammer, die polierten Steinwände unverputzt, der Mosaikboden ohne Teppich. Quadratische, polierte Hocker aus Ebenholz und ein steinernes Podest bildeten die einzige Einrichtung. Der Raum war leer von menschlichem Leben. Eine weitere Tür zeigte sich in der gegenüberliegenden Wand.

"Lass einen Mann draußen Wache stehen", rief Conan. "Ich gehe hinein."

Kerim Shah bestimmte einen Krieger für diese Aufgabe, und der Mann zog sich mit einem Bogen in der Hand zur Mitte der Galerie zurück. Conan ging in die Burg, gefolgt von dem Turaner und den drei verbliebenen Irakzai. Der eine draußen spuckte, murmelte in seinem Bart und brabbelte unvermittelt los, als ihm ein leises Spottgelächter zu Ohren kam.

Er hob den Kopf und sah auf der Etage über sich eine große, schwarz gekleidete Gestalt, die mit nacktem Kopf leicht nickte, während er nach unten starrte. Seine ganze Haltung deutete auf Spott und Bösartigkeit hin. Blitzschnell spannte der Irakzai seinen Bogen und ließ ihn los, und der Pfeil glitt nach oben und schlug voll in die schwarzgekleidete Brust ein. Das spöttische Lächeln änderte sich nicht. Der Seher riss das Geschoss heraus und warf es zum Bogenschützen zurück, nicht als Waffe, sondern mit einer verächtlichen Geste geschleudert. Der Irakzai wich aus und warf instinktiv den Arm hoch. Seine Finger schlossen sich über dem sich drehenden Schaft.

Dann schrie er. In seiner Hand krümmte sich plötzlich der Holzschaft. Seine starren Konturen wurden biegsam und schmolzen in seiner Hand. Er versuchte, ihn von sich zu werfen, aber es war zu spät. Er hielt eine lebende Schlange in seiner nackten Hand, und schon hatte sie sich um sein Handgelenk gewickelt, und ihr böser keilförmiger Kopf schoss auf seinen muskulösen Arm. Er schrie wieder, und seine Augen blähten sich auf, seine Gesichtszüge wurden violett. Er ging von einer schrecklichen Verkrampfung geschüttelt auf die Knie und lag dann still.

Die Männer im Inneren hatten sich bei seinem ersten Schrei gedreht. Conan ging schnell auf die offene Tür zu und blieb dann kurz und verdutzt stehen. Den Männern hinter ihm schien es, als würde er sich gegen die leere Luft anstrengen. Aber obwohl er nichts sehen konnte, war unter seinen Händen eine glatte, glatte, harte Oberfläche, und er wusste, dass eine Kristallscheibe in der Türöffnung heruntergelassen worden war. Durch sie sah er den Irakzai bewegungslos auf der gläsernen Galerie liegen, ein gewöhnlicher Pfeil steckte in seinem Arm.

Conan hob sein Messer und schlug zu, und die Beobachter waren verblüfft, als sie sahen, wie sein Schlag scheinbar in der Luft gedämpft wurde, mit dem lauten Klirren von Stahl, der auf eine unnachgiebige Substanz trifft. Er verschwendete keine weitere Anstrengung. Er wusste, dass nicht einmal der legendäre Tulkrat von Amir Khurum diesen unsichtbaren Vorhang zerschlagen konnte.

In wenigen Worten erklärte er Kerim Shah die Angelegenheit, und der Turaner zuckte mit den Achseln. "Nun, wenn unser Ausgang versperrt ist, müssen wir einen anderen finden. In der Zwischenzeit liegt unser Weg nach vorn, nicht wahr?"

Mit einem Grunzen drehte sich der Kimmerier um und schritt durch den Raum zur gegenüberliegenden Tür, mit dem Gefühl, auf der Schwelle des Verderbens zu stehen. Als er sein Messer hob, um die Tür zu zertrümmern, schwang sie wie von selbst auf und öffnete sich schweigend. Er ging in die große Halle, flankiert von hohen gläsernen Säulen. Hundert Meter von der Tür entfernt begannen die breiten jadegrünen Stufen einer Treppe, die sich nach oben hin wie die Seite einer Pyramide verjüngte. Was hinter dieser Treppe lag, konnte er nicht sagen. Aber zwischen ihm und seinem schimmernden Fuß stand ein seltsamer Altar aus glänzend schwarzer Jade. Vier große goldene Schlangen flochten ihre Schwänze um diesen Altar und erhoben ihre keilförmigen Köpfe in die Luft, den vier Himmelsrichtungen zugewandt wie die verzauberten Wächter eines sagenumwobenen Schatzes. Doch auf dem Altar, zwischen den gewölbten Hälsen, befand sich nur eine Kristallkugel, die mit einer trüben, rauchähnlichen Substanz gefüllt war und in der vier goldene Granatäpfel schwebten.

Der Anblick rief in seinem Geist eine düstere Erinnerung hervor; dann beachtete Conan den Altar nicht mehr, denn auf den unteren Stufen der Treppe standen vier Gestalten in schwarzen Gewändern. Er hatte sie nicht kommen sehen. Sie waren einfach da, groß, hager, ihre Geierköpfe nickten im Gleichklang, ihre Füße und Hände waren durch ihre fließenden Gewänder verdeckt.

Einer hob den Arm, der Ärmel fiel ab und enthüllte seine Hand, und es war gar keine Hand. Conan blieb in der Mitte des Weges stehen, gegen seinen Willen gezwungen. Er war auf eine Kraft gestoßen, die sich subtil von Khemsas Mesmerismus unterschied, und er konnte nicht vorwärtskommen, obwohl er spürte, dass er in der Lage war, sich zurückzuziehen, wenn er es wollte. Seine Gefährten hatten ebenfalls angehalten, und sie schienen sogar noch hilfloser als er, unfähig, sich in beide Richtungen zu bewegen.

Der Seher, dessen Arm angehoben war, winkte einem der Irakzai zu, und der Mann bewegte sich wie in Trance auf ihn zu, die Augen glotzten und starrten, die Klinge hing in den schlaffen Händen. Als er sich an Conan vorbeischob, warf der Kimmerier einen Arm über seine Brust, um ihn zu arretieren. Conan war so viel stärker als der Irakzai, dass er unter normalen Umständen seine Wirbelsäule zwischen seinen Händen hätte brechen können. Doch nun wurde der muskulöse Arm wie Stroh beiseite gestreift, und der Irakzai bewegte sich ruckartig und mechanisch auf die Treppe zu. Er erreichte die Stufen und kniete sich steif hin, wobei er die Klinge vorstreckte und den Kopf beugte. Der Seher nahm das Schwert. Es blitzte auf, als er es auf und ab schwang. Der Kopf des Irakzai fiel von seinen Schultern und schlug heftig auf den schwarzen Marmorboden. Ein Blutbogen spritzte aus den durchtrennten Arterien, und der Körper kippte um und lag mit weit ausgebreiteten Armen.

Wieder erhob sich eine missgebildete Hand und winkte, und ein anderer Irakzai stolperte steif in sein Verderben. Das grässliche Drama wurde nachgespielt, und eine weitere kopflose Gestalt lag neben der ersten.

Als sich der dritte Stammesangehörige an Conan vorbei in den Tod stürzte, wurde sich der Kimmerier, dessen Adern sich in den Schläfen wölbten, während er versuchte, die unsichtbare Barriere, die ihn hielt, zu durchbrechen, plötzlich der verbündeten Kräfte bewusst, die ungesehen, aber um ihn herum zum Leben erwachten. Diese Erkenntnis kam ohne Vorwarnung, aber so mächtig, dass er nicht an seinem Instinkt zweifeln konnte. Seine linke Hand rutschte unwillkürlich unter seinen bacharischen Gürtel und schloss sich über dem stygischen Gürtel. Und als er sie ergriff, spürte er, wie neue Kraft in seine tauben Glieder strömte; der Lebenserwille war ein pulsierendes weißglühendes Feuer, das mit der Intensität seiner brennenden Wut übereinstimmte.

Der dritte Irakzai war ein enthaupteter Leichnam, und der schreckliche Finger hob sich wieder, als Conan das Bersten der unsichtbaren Barriere spürte. Ein heftiger, unfreiwilliger Schrei brach aus seinen Lippen, als er mit der explosiven Plötzlichkeit aufgestauter Wildheit aufsprang. Seine linke Hand griff den Gürtel des Zauberers, wie ein Ertrinkender einen schwimmenden Baumstamm greift, und das lange Messer war ein leuchtender Schein in seiner rechten Hand. Die Männer auf den Stufen bewegten sich nicht. Sie schauten ruhig und zynisch zu; wenn sie sich überrascht fühlten, zeigten sie es nicht. Conan erlaubte sich nicht, darüber nachzudenken, was passieren könnte, wenn er in Messerdistanz zu ihnen kam. Sein Blut pochte in seinen Schläfen, ein Nebel aus purpurrotem Blut schwamm vor seinen Augen. Er brannte mit dem Drang zu töten - sein Messer tief in Fleisch und Knochen zu treiben und die Klinge in Blut und Eingeweide zu drehen.

Ein weiteres Dutzend Schritte trugen ihn zu den Stufen, auf denen die höhnischen Dämonen standen. Er holte tief Luft, seine Wut stieg rot auf, als sein Angriff in Schwung kam. Er raste an dem Altar mit seinen goldenen Schlangen vorbei, als ihm wie ein Levin-Blitz die kryptischen Worte Khemsas, "Zerbrich die Kristallkugel", wieder so lebhaft durch den Kopf schossen, als ob sie in seinem äußeren Ohr gesprochen würden.

Seine Reaktion erfolgte fast ohne eigenen Willen. Die Hinrichtung folgte einem so spontanen Impuls, dass der größte Zauberer der Zeit keine Zeit gehabt hätte, seine Gedanken zu lesen und seine Handlung zu verhindern. Er stürzte wie eine Katze mit seiner kopfüber geführten Attacke los und krachte mit seinem Messer auf den Kristall. Sofort vibrierte die Luft mit einem lauten Aufschrei des Schreckens, ob von der Treppe, dem Altar oder dem Kristall selbst, das konnte er nicht erkennen. Der Zorn erfüllte seine Ohren, als die goldenen Schlangen, die plötzlich voller schrecklichem Leben waren, sich wanden und auf ihn einschlugen. Aber er war mit der Geschwindigkeit eines verrückten Tigers unterwegs. Ein Wirbel aus Stahl durchbrach die grässlichen Rümpfe, die ihm entgegenschwenkten, und er schlug immer wieder auf die Kristallkugel ein. Die Kugel zerbarst mit einem Geräusch wie ein Donnerschlag, und es prasselten feurige Scherben auf den schwarzen Marmor, und die goldenen Granatäpfel schossen, wie aus der Gefangenschaft befreit, nach oben in Richtung des hohen Daches und waren verschwunden.

Ein wahnsinniges, bestialisches und grässliches Geschrei hallte durch die große Halle. Auf den Stufen krümmten sich vier Gestalten in schwarzen Gewändern, die sich in Krämpfen wanden, Schaum tropfte aus ihren wütenden Mündern. Dann, mit einem wilden Crescendo unmenschlichen Geheulens, erstarrten sie und lagen still, und Conan wusste, dass sie tot waren. Er starrte auf den Altar und die Kristallscherben. Vier kopflose goldene Schlangen wanden sich noch immer um den Altar, aber kein außerirdisches Leben belebte nun das stumpf glänzende Metall.

Kerim Shah erhob sich langsam von seinen Knien, wohin er durch eine unsichtbare Macht geschleudert worden war. Er schüttelte den Kopf, um das Klingeln aus seinen Ohren zu entfernen.

"Hast du das Krachen gehört, als du zugeschlagen hast? Es war, als ob tausend Kristalle im ganzen Schloss zerbrachen, als die Kugel zersprang. Waren die Seelen der Zauberer in diesen goldenen Kugeln gefangen?-Ha!"

Conan fuhr herum, als Kerim Shah sein Schwert zog und auf etwas zeigte.

Eine weitere Gestalt stand an der Spitze der Treppe. Auch sein Gewand war schwarz, aber aus reich besticktem Samt, und auf seinem Kopf trug er eine Samtmütze. Sein Gesicht war ruhig und nicht unansehnlich.

Wer zum Teufel bist du?" fragte Conan, starrte ihn mit dem Messer in der Hand an.

Seine Stimme war wie der Glockenschlag einer Tempelglocke, aber ein Ton grausamer Heiterkeit ging durch sie hindurch.

"Wo ist Yasmina?", wollte Kerim Shah wissen.

Der Meister lachte ihn aus.

"Was geht dich das an, du toter Mann? Hast du so schnell meine Kraft vergessen, die ich dir einst verliehen hatte, dass du gegen mich bewaffnet kommst, du armer Narr? Ich denke, ich werde dein Herz nehmen, Kerim Shah!"

Er streckte seine Hand aus, als wolle er etwas empfangen, und der Turanier schrie scharf wie ein Mann in Todesangst. Er taumelte betrunken, und dann, mit einem Zersplittern der Knochen, einem Zerreißen von Fleisch und Muskeln und einem Brechen der Rüstungsglieder, platzte seine Brust mit einem Blutregen nach außen, und durch die grässliche Öffnung schoss etwas Rotes und Tropfendes durch die Luft in die ausgestreckte Hand des Meisters, als ein Stück Stahl auf den Magier zu sprang. Der Turaner fiel zu Boden und lag regungslos, und der Meister lachte und schleuderte das Objekt vor Conans Füße - ein noch zitterndes menschliches Herz.

Mit einem Gebrüll und einem Fluch stürmte Conan die Treppe hoch. Von Khemsas Gürtel aus spürte er, wie Kraft und unsterblicher Hass in ihn strömten, um die schreckliche Ausstrahlung der Macht zu bekämpfen, die ihm auf den Stufen entgegenkam. Die Luft füllte sich mit einem schimmernden, stählernen Dunst, durch den er wie ein Schwimmer hindurchtauchte, den Kopf gesenkt, den linken Arm zum Gesicht gebeugt, das Messer tief in der rechten Hand gefasst. Seine halb geblendeten Augen, die über die Ellenbogenbeuge blickten, erkannten die verhasste Gestalt des Sehers vor und über ihm, die Umrisse schwankten, wie ein Spiegelbild im gestörten Wasser.

Er wurde von Kräften, die sich seinem Verständnis entzogen, gequält und gezerrt, aber er fühlte eine treibende Kraft außerhalb und über seine eigene hinaus, die ihn trotz der Stärke des Zauberers und seiner eigenen Qual unaufhaltsam nach oben und vorwärts trieb.

Nun hatte er den Treppenabsatz erreicht, und das Gesicht des Meisters schwebte im stählernen Dunst vor ihm, und eine seltsame Furcht überschattete dessen unergründliche Augen. Conan watete durch den Nebel wie durch eine Brandung, und sein Messer stürzte wie ein lebendiges Ding nach oben. Die scharfe Spitze zerriss das Gewand des Meisters, als er mit einem tiefen Schrei zurücksprang. Dann verschwand der Zauberer vor Conans Augen - einfach wie eine geplatzte Blase, und etwas Langes und Wogendes huschte eine der kleineren Treppen hinauf, die vom Treppenabsatz nach links und rechts hochführten.

Conan stürmte hinterher, die linke Treppe hinauf, unsicher, was er gesehen hatte, aber in einer Berserker-Stimmung, die die Übelkeit und das Entsetzen, das im hinteren Teil seines Bewusstseins flüsterte, übertönte.

Er stürzte sich in einen breiten Korridor, dessen Boden ohne Teppich und dessen Wände aus polierter Jade bestanden, und etwas Langes und Flinkes huschte vor ihm den Korridor entlang und in eine mit Vorhängen versehene Toröffnung. Aus dem Inneren des Raumes erhob sich ein Schreckensschrei. Das Geräusch verlieh Conans fliegenden Füßen Flügel, und er raste durch die Vorhänge hindurch und kopfüber in die Kammer hinein.

Eine furchtbare Szene traf sein grelles Licht. Yasmina kauerte am hinteren Rand eines samtbedeckten Podestes und schrie vor Abscheu und Entsetzen, ein Arm hob sich, als wolle sie einen Angriff abwehren, während vor ihr der grässliche Kopf einer riesigen Schlange wiegte, deren glänzender Hals sich aus dunkel schimmernden Winden aufwölbte. Mit einem erstickten Schrei warf Conan sein Schwert.

Sofort wirbelte das Ungeheuer herum und war über ihm wie das Rauschen des Windes durch hohes Gras. Das lange Messer zitterte im Nacken, die Spitze und der Klingenfuß erschienen auf der einen Seite, das Heft und eine Handbreit Stahl auf der anderen, aber es schien das riesige Reptil nur verrückt zu machen. Der große Kopf überragte den Mann, der ihm gegenüberstand, und schoss dann nach unten, wobei die Gift triefenden Kiefer weit auseinanderklafften. Aber Conan hatte einen Dolch aus seinem Gürtel gerissen, und er stach nach oben, als der Kopf heruntertauchte. Die Spitze zerriss den Unterkiefer und durchbohrte den Oberkiefer und heftete sie zusammen. Im nächsten Augenblick hatte sich der große Rumpf um den Kimmerier geschlungen, als die Schlange, unfähig, ihre Reißzähne zu gebrauchen, ihre verbleibende Angriffsform einsetzte.

Conans linker Arm war zwischen den knochenzerdrückenden Schlingen eingeklemmt, aber sein rechter Arm

108

war frei. Um seine Füße aufrecht zu halten, streckte er seine Hand aus, ergriff das aus dem Hals der Schlange herausragende Heft des langen Messers und riss es in einem Blutregen frei. Als ob sie seine Absicht mit mehr als bestialischer Intelligenz erraten hätte, krümmte und verknotete sich die Schlange und versuchte, Schlingen um seinen rechten Arm zu werfen. Doch mit Lichtgeschwindigkeit hob und senkte sich das lange Messer und schnitt den riesigen Rumpf des Reptils zur Hälfte durch.

Bevor es erneut zupacken konnte, fielen die großen, biegsamen Windungen von ihm ab, und das Monster schleppte sich über den Boden, wobei es Blut aus seinen grausamen Wunden spritzte. Conan sprang ihm nach, das Messer hob sich, aber sein bösartiger Schlag schnitt leere Luft, als die Schlange sich von ihm weg krümmte und ihre stumpfe Nase gegen einen getäfelten Schirm aus Sandelholz schlug. Eine der Platten gab nach innen nach, und der lange, blutende Schaft huschte durch sie hindurch und war verschwunden.

Conan griff den Schutzschirm sofort an. Ein paar Schläge zerrissen ihn und er blickte in die dunkle Nische dahinter. Keine schreckliche Erscheinung wand sich dort; es war Blut auf dem Marmorboden, und blutige Spuren führten zu einer kryptischen gewölbten Tür. Diese Spuren stammten von den nackten Füßen eines Mannes ...

"Conan!" Er fuhr gerade noch rechtzeitig in die Kammer zurück, um die Devi von Vendhya in seinen Armen aufzufangen, als sie durch den Raum eilte und sich auf ihn stürzte, wobei sie ihn mit einer wilden Umklammerung um den Hals fasste, halb hysterisch vor Schrecken und Dankbarkeit und Erleichterung.

Sein wildes Blut war durch alles, was geschehen war, bis zum Äußersten aufgewühlt. Er erwischte sie mit einem Griff, der sie zu einem anderen Zeitpunkt hätte zusammenzucken lassen, und drückte ihre Lippen mit seinen zusammen. Sie leistete keinen Widerstand; die Devi wurde von der elementaren Frau überwältigt. Sie schloss die Augen und nahm an seinen wilden, heißen, ungesitteten Küssen teil, mit der ganzen Hingabe des leidenschaftlichen Verlangens. Sie keuchte vor seiner Heftigkeit, als er nach Atem rang, und er blickte auf sie herab, wie sie erschöpft in seinen mächtigen Armen lag.

"Ich wusste, dass du mich holen würdest", murmelte sie. "Du hättest mich nicht in dieser Teufelshöhle zurückgelassen."

Bei ihren Worten kam ihm plötzlich die Erinnerung an ihre Umgebung. Er hob den Kopf und hörte ihr aufmerksam zu. Über der Burg von Yimsha lag Schweigen, aber es war ein von der Bedrohung durchdrungenes Schweigen. Die Gefahr lauerte in jeder Ecke, lenkte unsichtbar von jeglicher Hinrichtung ab.

"Wir sollten besser gehen, solange wir können", murmelte er. "Diese Schnitte reichten aus, um jede gewöhnliche Bestie - oder jeden Menschen - zu töten, aber ein Zauberer hat ein Dutzend Leben. Wenn er eines davon verliert, windet er sich weg wie eine verkrüppelte Schlange, um frisches Gift aus irgendeiner Quelle der Zauberei aufzusaugen."

Er hob das Mädchen auf und trug sie auf seinen Armen wie ein Kind, schritt hinaus in den glänzenden Jadekorridor und die Treppe hinunter, nervös auf jedes Zeichen oder Geräusch achtend.

"Ich traf den Meister", flüsterte sie, klammerte sich an ihn und schauderte. "Er hat seinen Zauber auf mich ausgeübt, um meinen Willen zu brechen. Das Schrecklichste war ein modernder Leichnam, der mich in die Arme nahm - ich fiel in Ohnmacht und lag wie ein Toter, ich weiß nicht, wie lange. Kurz nachdem ich das Bewusstsein wiedererlangt hatte, hörte ich unten Geräusche von Streit und Schreie,

110

und dann kam diese Schlange durch die Vorhänge geschlittert - ah! Sie schüttelte sich bei der Erinnerung an den Horror. Ich wusste irgendwie, dass es keine Illusion war, sondern eine echte Schlange, die mein Leben begehrte."

"Es war zumindest kein Schatten", antwortete Conan kryptisch. Er wusste, dass er besiegt worden war, und entschied sich dafür, dich zu töten, anstatt dich retten zu lassen.

"Was meinst du mit *er*?", fragte sie unruhig und schreckte dann vor ihm zurück, schrie auf und vergaß ihre Frage. Sie hatte die Leichen am Fuße der Treppe gesehen. Die der Seher waren nicht schön anzusehen; während sie verkrümmt und verzerrt da lagen, waren ihre Hände und Füße der Betrachtung ausgesetzt, und bei dem Anblick wurde Yasmina bleich und verbarg ihr Gesicht an Conans mächtiger Schulter.

10 Yasmina und Conan

Conan durchschritt zügig die Halle, durchquerte die äußere Kammer und näherte sich der Tür, die auf die Galerie führte. Dann sah er den Boden, der mit winzigen, glitzernden Scherben übersät war. Die Kristallscheibe, die die Türöffnung bedeckt hatte, war in Stücke zersplittert, und er erinnerte sich an das Krachen, das mit dem Zerbrechen der Kristallkugel einhergegangen war. Er glaubte, dass jedes Stück Kristall im Schloss in diesem Moment zerbrochen war, und ein schwacher Instinkt oder die Erinnerung an esoterische Überlieferungen suggerierten vage die Wahrheit der monströsen Verbindung zwischen den Herren des Schwarzen Kreises und den goldenen Granatäpfeln. Er fühlte, dass die kurzen Haare im Nacken kühl wurden, und verdrängte die Angelegenheit eiligst aus seinem Gedächtnis.

Er atmete tief auf, als er die grüne Jade-Galerie betrat. Die Schlucht war noch zu durchqueren, aber wenigstens konnte er die weißen Gipfel in der Sonne glitzern sehen und die langen Hänge, die in die fernen blauen Nebel fallen.

Der Irakzai lag dort, wo er gefallen war, ein hässlicher Fleck auf der glänzenden Oberfläche. Als Conan den gewundenen Pfad hinunterging, war er überrascht, den Stand der Sonne festzustellen. Sie hatte ihren Zenit noch nicht überschritten; und doch schien es ihm, als seien Stunden vergangen, seit er sich in die Burg der Schwarzen Seher gestürzt hatte.

Er fühlte einen Drang zur Eile, nicht nur eine blinde Panik, sondern ein Instinkt in Bezug auf die Gefahr, der hinter seinem Rücken aufkam. Er sagte nichts zu Yasmina, und sie schien sich damit zufriedenzugeben, ihren dunklen Kopf an seine gewölbte Brust zu schmiegen und Sicherheit in der Umklammerung seiner eisernen Arme zu finden. Am Rande des Abgrunds hielt er einen Augenblick inne und runzelte die Stirn. Der Dunst, der in der Schlucht tanzte, war nicht mehr rosig und glänzend. Er war rauchig, schwach, gespenstisch, wie die Lebenskraft, die in einem verwundeten Menschen dünn flackerte. Conan kam der vage Gedanke, dass die Zaubersprüche der Zauberer enger mit ihrem persönlichen Wesen verbunden waren als die Handlungen der einfachen Menschen mit jenen der Schauspieler.

Doch weit unten glänzte der Boden wie mattiertes Silber, und der Goldfaden funkelte ungetrübt. Conan schob Yasmina über seine Schulter, wo sie gefügig lag, und begann den Abstieg. Eilends stieg er die Rampe hinunter, und eilends floh er über den hallenden Boden. Er war der Überzeugung, dass sie mit der Zeit wetteiferten, dass ihre Überlebenschancen davon abhingen, diese Schlucht des Schreckens zu durchqueren, bevor der verwundete Schlossherr wieder genug Macht erlangen würde, um weiteres Unheil über sie zu bringen.

Als er die weiter entfernte Rampe hinaufkletterte und auf dem Bergkamm herauskam, atmete er erleichtert auf und stellte Yasmina auf die Beine.

"Von hier aus", sagte er ihr, "geht es den ganzen Weg bergab."

Sie warf einen Blick auf die glänzende Pyramide über dem Abgrund; sie erhob sich gegen den verschneiten Hang wie eine Zitadelle der Finsternis und des ewigen Bösen.

"Bist du ein Zauberer, dass du die schwarzen Seher von Yimsha, Conan von Ghor, besiegt hast?" fragte sie, als sie den Weg hinuntergingen, mit seinem starken Arm um ihre geschmeidige Taille.

"Es war ein Gürtel, den Khemsa mir vor seinem Tod geschenkt hat", antwortete Conan. "Ja, ich habe ihn auf dem

Weg gefunden. Es ist ein merkwürdiges Exemplar, das ich dir zeigen werde, wenn ich Zeit habe. Gegen einige Zaubersprüche war er schwach, aber gegen andere war er stark, und ein gutes Messer ist immer eine kraftvolle Zauberformel."

"Aber wenn der Gürtel dir bei der Eroberung des Meisters geholfen hat", argumentierte sie, "warum hat er Khemsa nicht geholfen?"

Er schüttelte den Kopf. "Wer weiß das schon? Aber Khemsa war der Sklave des Meisters gewesen; vielleicht hat das seine Magie geschwächt. Er hatte mich nicht in seiner Gewalt, so wie er Khemsa in seiner Gewalt hatte. Dennoch kann ich nicht sagen, dass ich ihn bezwungen habe. Er zog sich zurück, aber ich habe das Gefühl, dass wir ihn nicht zum letzten Mal gesehen haben. Ich will so viele Meilen zwischen uns und seinem Versteck legen, wie wir können."

Er war erleichtert, als er unter den Tamarisken angebundene Pferde vorfand, wie er sie verlassen hatte. Er machte sie schnell los und bestieg den schwarzen Hengst, wobei er das Mädchen vor sich hinaufschwang. Die anderen folgten, erholt durch ihre Pause.

"Und was jetzt?", fragte sie. "Nach Afghanistan?"

"Nicht gerade jetzt!" Er grinste nur leicht. "Jemand - vielleicht der Gouverneur - hat meine sieben Hauptleute getötet. Meine idiotischen Anhänger glauben, ich hätte etwas damit zu tun, und wenn ich sie nicht vom Gegenteil überzeugen kann, werden sie mich wie einen verwundeten Schakal jagen."

"Was ist dann mit mir? Wenn die Henker tot sind, bin ich als Geisel für dich nutzlos. Wirst du mich töten, um sie zu rächen?"

Er schaute auf sie herab, mit glühenden Augen, und lachte über die Andeutung.

"Dann lass uns zur Grenze reiten", sagte sie. "Dort sind Sie vor den Afghanen sicher.

"Ja, auf einem Vendhyan-Gibbet."

"Ich bin die Königin von Vendhya", erinnerte sie ihn mit einem Hauch ihrer alten Herrschsucht. "Du hast mir das Leben gerettet. Du sollst belohnt werden."

Sie meinte es nicht so, wie es klang, aber er grummelte unzufrieden in seinem Hals.

"Behalte deine Prämie für deine in der Stadt gezüchteten Hunde, Prinzessin! Wenn du eine Königin der Ebene bist, bin ich ein Häuptling der Berge, und keinen Fuß in Richtung Grenze werde ich dich mitnehmen!"

"Aber du wärst sicher ...", begann sie fassungslos.

"Und du wärst wieder die Devi", rief er ihr zu. "Nein, Mädchen, ich ziehe dich so vor, wie du jetzt bist - eine Frau aus Fleisch und Blut, die auf meinem Sattelbogen reitet."

"Aber du kannst mich nicht halten!", rief sie. "Du kannst nicht ...", rief sie.

"Schau zu - und dann wirst du sehen", riet er grimmig.

"Aber ich werde dir ein großes Lösegeld zahlen."

"Der Teufel soll dich freikaufen", antwortete er grob, seine Arme verhärteten sich um ihre geschmeidige Figur. "Das Königreich von Vendhya könnte mir nichts geben, was ich nur halb so sehr begehre wie dich. Ich habe dich unter Einsatz meines Lebens mitgenommen; wenn deine Höflinge dich zurückhaben wollen, lass sie den Zhaibar hinaufkommen und für dich kämpfen."

"Aber du hast jetzt keine Gefolgschaft mehr!" protestierte sie. "Du wirst gejagt! Wie kannst du dein eigenes Leben, geschweige denn meines, retten?"

"Ich habe immer noch Freunde in den Bergen", antwortete er. "Es gibt einen Häuptling der Khurakzai, der dich in Sicherheit bringen wird, während ich mich mit den Afghanen zanke. Wenn sie keinen Mann wie mich haben wollen, dann bei Crom, werde ich mit dir nach Norden in die Steppen des Kozaki reiten. Ich war ein Hetman unter den Freien Companions, bevor ich nach Süden ritt. Ich mache dich zur Königin auf dem Zaporoska-Fluss!"

"Aber ich kann das nicht!", widersprach sie. "Du darfst mich nicht festhalten ...

"Wenn die Idee so abstoßend ist", erwiderte er, "warum hast du deine Lippen so bereitwillig an meine Lippen gelegt?"

"Selbst eine Königin ist ein Mensch", antwortete sie, "... und färbte sich rot. "Aber weil ich eine Königin bin, muss ich mein Königreich berücksichtigen. Trage mich nicht in ein fremdes Land fort. Komm mit mir nach Vendhya zurück!"

"Würdest du mich zu deinem König machen?", fragte er sardonisch.

"Nun, es gibt Bräuche ...", stammelte sie und er unterbrach sie mit einem harten Lachen.

"Ja, zivilisierte Bräuche, die es nicht erlauben, dass man tut, was man will. Du heiratest irgendeinen vertrockneten alten König der Prärie, und ich kann meinen Weg nur in der Erinnerung an ein paar Küsse gehen, die dir von den Lippen gerissen wurden. Ha!".

Aber ich muss in mein Königreich zurückkehren!", wiederholte sie hilflos.

"Warum?", fragte er wütend. "Um sich den Hintern auf goldenen Thronen aufzuscheuern und dem Lob von grinsenden, samtenen Narren zu lauschen? Wo ist der Vorteil? Höre: Ich bin in den kimmerischen Bergen geboren, wo das Volk ausnahmslos Barbaren ist. Ich war ein Söldnersoldat, ein Korsar, ein Kosak und hundert andere Dinge. Welcher König hat die Länder durchstreift, die Schlachten geschlagen, die Frauen geliebt und die Plünderungen, die ich gemacht habe, gewonnen?"

"Ich bin nach Ghulistan gekommen, um eine Horde aufzustellen und die Königreiche im Süden zu plündern - einschließlich deines eigenen. Das Oberhaupt der Afghanen zu sein, war nur ein Anfang. Wenn ich sie beschwichtigen kann, werden mir innerhalb eines Jahres ein Dutzend Stämme folgen. Aber wenn ich es nicht schaffe, reite ich zurück in die Steppe und plündere mit den Kosaken die turanischen Grenzen. Und du wirst mit mir gehen. Zum Teufel mit deinem Königreich; die haben schon für sich selbst gesorgt, bevor du geboren wurdest".

Sie lag in seinen Armen und schaute zu ihm auf, und sie fühlte einen Zug in ihrem Geist, einen gesetzlosen, rücksichtslosen Drang, der seinem eigenen entsprach und dadurch ins Leben gerufen wurde. Aber tausend Generationen der Souveränität lasteten schwer auf ihr.

"Ich kann nicht! Ich kann nicht!" wiederholte sie hilflos.

"Du hast keine Wahl", versicherte er ihr. "Du – aber was zum Teufel!"

Sie ließen Yimsha einige Meilen hinter sich und ritten entlang eines hohen Bergkamms, der zwei tiefe Täler trennte. Sie hatten gerade einen steilen Kamm überwunden, von dem aus sie zu ihrer rechten Hand ins Tal hinunterblicken konnten. Und es war ein regelrechter Kampf im Gange. Ein starker Wind wehte von ihnen weg und trug das Geräusch aus ihren Ohren, aber dennoch dröhnte das Klirren von Stahl und der Donner der Hufe von weit unten herauf.

Sie sahen das Glitzern der Sonne auf Lanzenspitzen und spitzen Helmen. Dreitausend gepanzerte Reiter trieben eine zerlumpte Bande von Turbanreitern vor sich her, die knurrend und schlagend wie fliehende Wölfe flohen.

"Turanier", murmelte Conan. "Schwadronen aus Secunderam. Was zum Teufel machen die hier?"

"Wer sind die Männer, die sie verfolgen?", fragte Yasmina. "Und warum sind sie so starrköpfig im Rückstand?", fragte Yasmina. Sie können sich nicht gegen solche Widrigkeiten wehren.

"Fünfhundert meiner verrückten Afghanen", knurrte er und blickte finster in das Tal. Sie sind in einer Falle, und sie wissen es.

Das Tal war an diesem Ende tatsächlich eine Sackgasse. Es verengte sich zu einer hochwandigen Schlucht, die sich weiter in eine runde Schüssel öffnete, die vollständig von hohen, unbezwingbaren Felswänden umgeben war.

Die Turbanreiter wurden in diese Schlucht gezwungen, weil sie nirgendwo anders hin konnten, und sie bewegten sich nur widerwillig, in einem Schauer von Pfeilen und einem Wirbel von Schwertern. Die behelmten Reiter bedrängten sie, drängten aber nicht überstürzt vor. Sie kannten die verzweifelte Wut der Bergvölker, und sie wussten auch, dass sie ihre Beute in einer Falle hatten, aus der es kein Entkommen gab. Sie hatten die Bergvölker als Afghanen erkannt und wollten sie einkreisen und eine Kapitulation erzwingen. Sie brauchten Geiseln für den Zweck, den sie vor Augen hatten.

Ihr Emir war ein Mann der Entscheidung und Initiative. Als er das Gurascha-Tal erreichte und weder Führer noch Abgesandte vorfand, die auf ihn warteten, ging er im Vertrauen auf seine eigene Kenntnis des Landes weiter. Den ganzen Weg von Secunderam aus hatte es Kämpfe gegeben, und Stammesangehörige leckten in vielen zerklüfteten Dörfern ihre Wunden. Der Mann wusste, dass die Chancen gut standen, dass weder er noch einer seiner behelmten Speerträger jemals wieder durch die Tore von Secunderam reiten würden, denn die Stämme würden nun alle hinter ihm her sein, aber er war entschlossen, seinen Befehl auszuführen - der darin bestand, Yasmina Devi um jeden Preis von den Afghanen zu befreien und sie als Gefangene nach

Secunderam zu bringen oder, falls dies unmöglich war, ihr den Kopf abzuschlagen, bevor er selbst starb.

Über all dies waren sich die Beobachter auf dem Bergkamm natürlich nicht im Klaren. Aber Conan zitterte vor Nervosität.

"Warum zum Teufel haben sie sich in der Falle einsperren lassen?", fragte er das Universum im Allgemeinen. "Ich weiß, was sie in dieser Gegend machen - sie haben mich gejagt, die Hunde! Sie stöberten in jedem Tal - und fanden sich eingesperrt, bevor sie es merkten. Die armen Narren! Sie wehren sich in der Schlucht, aber sie können nicht lange durchhalten. Wenn die Turaner sie in die Schlucht zurückgedrängt haben, werden sie sie nach Belieben abschlachten".

Der von unten aufsteigende Lärm nahm an Volumen und Intensität zu. In der Engstelle der schmalen Schlucht hielten die verzweifelt kämpfenden Afghanen vorerst den Angreifern stand, die nicht ihr ganzes Gewicht gegen sie werfen konnten.

Conan blickte finster drein, bewegte sich unruhig, fingerte ruhelos an seinem Heft und sprach schließlich unverblümt: "Devi, ich muss zu ihnen hinuntergehen. Ich werde ein Versteck für dich finden, bis ich zu dir zurückkehre. Du sprachst von deinem Königreich - nun, ich gebe nicht vor, diese haarigen Teufel als meine Kinder anzusehen, aber schließlich sind sie, so wie sie sind, meine Gefolgsleute. Ein Häuptling sollte seine Gefolgsleute niemals im Stich lassen, auch wenn sie ihn zuerst im Stich lassen. Sie denken, es war richtig, mich rauszuwerfen - ich lasse mich nicht verstoßen! Ich bin immer noch Chef der Afghanen, und ich werde es beweisen! Ich kann zu Fuß in die Schlucht hinunterklettern."

"Aber was ist mit mir?", fragte sie. "Du hast mich gewaltsam von meinem Volk weggebracht; willst du mich jetzt allein in den Bergen sterben lassen, während du hinuntergehst und dich sinnlos opferst?"

Seine Adern schwollen vor dem Konflikt seiner Gefühle an.

"Das ist richtig", murmelte er hilflos. "Crom weiß, was ich tun kann."

Sie drehte ihren Kopf leicht, ein seltsamer Ausdruck dämmerte auf ihrem schönen Gesicht. Dann:

"Hör zu!", rief sie. Höre zu!"

Eine entfernte Fanfare der Trompeten wurde schwach an ihre Ohren getragen. Sie starrten in das tiefe Tal auf der linken Seite und bemerkten einen Schimmer von Stahl auf der anderen Seite. Eine lange Reihe von Lanzen und polierten Helmen bewegte sich entlang des Tals und schimmerte im Sonnenlicht.

Die Reiter von Vendhya", rief sie jubelnd.

"Es sind Tausende von ihnen", murmelte Conan. Es ist schon lange her, dass ein Heer der Kshatriya so weit in die Berge geritten ist.

"Sie suchen mich!", rief sie aus. "Gib mir dein Pferd! Ich werde zu meinen Kriegern reiten! Der Kamm ist links nicht so steil, und ich kann den Talboden erreichen. Ich werde meine Reiter am oberen Ende ins Tal führen und auf die Turaner loslassen! Wir werden sie im Schraubstock zerquetschen! Schnell, Conan! Willst du deine Männer deinem eigenen Begehren opfern?"

Der brennende Hunger der Steppen und der winterlichen Wälder blitzte aus seinen Augen, aber er schüttelte seinen Kopf und schwang sich vom Hengst, wobei er ihr die Zügel in die Hände legte.

"Du hast gewonnen!", grunzte er. "Reite wie der Teufel!"

Sie flog fast den linken Hang hinunter, und er rannte schnell den Grat entlang, bis er die lange zerklüftete Spalte erreichte, die die Schlucht war, in der der Kampf tobte. Die zerklüftete Wand hinunter krabbelte er wie ein Affe, klammerte sich an Vorsprünge und Spalten, um schließlich mit den Füßen voran in das Gewühl zu fallen, das in der Mündung der Schlucht wütete. Klingen wimmerten und klirrten um ihn herum, Pferde bäumten sich auf und stampfen, Helmfedern nickten zwischen karminrot gefärbten Turbanen.

Als er zuschlug, brüllte er wie ein Wolf, erwischte einen goldfarbenen Zügel, wich dem Schwung eines Krummsäbels aus und trieb sein langes Messer durch die Vitalfunktionen des Reiters nach oben. Im nächsten Augenblick saß er im Sattel und schrie den Afghanen wilde Befehle zu. Sie starrten ihn einen Augenblick lang dumm an; als sie dann sahen, welche Verwüstungen sein Stahl unter ihren Feinden anrichtete, stürzten sie sich wieder auf ihr Werk und akzeptierten ihn kommentarlos. In diesem Inferno aus leckenden Klingen und spritzendem Blut blieb keine Zeit, Fragen zu stellen oder zu beantworten.

Die Reiter in ihren Spitzhelmen und goldverzierten Haudegen schwärmten um die Schluchtmündung herum, stachen und schlugen zu, und die schmale Schlucht wurde mit Pferden und Männern vollgestopft und verstopft, die Krieger schlugen Brust an Brust, stachen mit verkürzten Klingen zu und Schlitzten mörderisch, wenn es einen Augenblick Raum gab, um ein Schwert zu schwingen. Wenn ein Mann zu Boden ging, stand er nicht mehr unter den stampfenden, wirbelnden Hufen auf. Gewicht und schiere Kraft zählten dort besonders stark, und der Chef der Afghanen machte die Arbeit von zehn. In solchen Zeiten beeinflussen die Gewohnheiten die Soldaten stark, und die Krieger, die es gewohnt waren, Conan in ihrer Vorhut zu sehen, wurden trotz ihres Misstrauens ihm gegenüber gewaltig ermutigt.

Aber auch die Überzahl zählte. Der Druck der Männer im Rücken zwang die Reiter von Turan immer tiefer in die

Schlucht, in die Zähne der flackernden Tulwars. Zu Fuß wurden die Afghanen zurückgeschoben, so dass der schlammige Boden mit Toten bedeckt war, auf dem die Reiter trampelten. Während er wie ein Besessener hackte und schlug, hatte Conan noch Zeit für einige kühlende Zweifel - würde Yasmina ihr Wort halten? Sie musste sich nur zu ihren Kriegern gesellen, sich nach Süden wenden und ihn und seine Bande dem Untergang preisgeben.

Doch endlich, nach einem scheinbar jahrhundertelangen verzweifelten Kampf, erhob sich im Tal draußen ein weiterer Ton von dem Aufeinandertreffen von Stahl und Schlachtrufen. Und dann erschütterten fünftausend Reiter von Vendhya die Heerscharen von Secunderam mit einem Trompetenstoß, der die Mauern erzittern ließ, und mit heftigem Hufgeklapper.

Dieser Schlag spaltete die turanischen Schwadronen in zwei Teile, zerschmetterte, zermürbte, zerriss und zerstückelte sie und verstreute ihre Fragmente über das ganze Tal. In einem Augenblick war der Schwall wieder aus der Schlucht abgeklungen; es herrschte ein chaotischer, verwirrter Wirbel von Kämpfen, Reitern, die einzeln und in Gruppen ritten und schlugen, und dann ging der Emir mit einer Kshatriya-Lanze durch seine Brust zu Boden, und die Reiter in ihren Spitzhelmen wendeten ihre Pferde das Tal hinunter, trieben wie verrückt und versuchten, sich einen Weg durch die Scharen zu bahnen, die von hinten auf sie zugekommen waren. Auf der Flucht zerstreuten sich die Eroberer bei der Verfolgung und verteilten sich über den ganzen Talboden, und auf den Hängen nahe der Mündung und über die Kämme strömten die Flüchtlinge und die Verfolger. Die Afghanen, die zum Reiten zurückgelassen wurden, stürzten aus der Schlucht und schlossen sich der Verfolgung ihrer Feinde an, wobei sie das unerwartete Bündnis ebenso bedingungslos akzeptierten wie die Rückkehr ihres verstoßenen Anführers.

Die Sonne sank in Richtung der fernen Felsen, als Conan mit zerfetzter Kleidung und stinkendem blutverschmiertem Kettenhemd, mit tropfendem und verkrustetem Messer über die Leichen zu dem Ort schritt, an dem Yasmina Devi mit ihrem Pferd unter ihren Adeligen auf dem Kamm des Bergkamms saß, in der Nähe eines hohen Abgrunds.

"Du hast dein Wort gehalten, Devi!", brüllte er. "Aber bei Crom, ich hatte ein paar schlechte Sekunden in der Schlucht ... Vorsicht!"

Vom Himmel herab stürzte ein Geier von ungeheurer Größe mit einem Flügeldonner, der die Männer von den Pferden stieß, die sich aus dem Sattel reckten.

Der krummsäbelähnliche Schnabel suchte nach dem weichen Hals der Devi, aber Conan war schneller - ein kurzer Lauf, ein Tigersprung, der wilde Stich eines tropfenden Messers, und der Geier stieß einen schrecklichen menschlichen Schrei aus, warf sich zur Seite und stürzte die Klippen hinunter bis zu den Felsen und dem Fluss in tausend Fuß Tiefe. Während er fiel, seine schwarzen Flügel in die Luft streckte, machte er nicht den Eindruck eines Vogels, sondern den eines schwarz gekleideten menschlichen Körpers, der fiel, die Arme in weiten schwarzen Ärmeln nach außen geworfen.

Conan drehte sich zu Yasmina um, sein rotes Messer noch in der Hand, seine blauen Augen glühten, Blut triefte aus Wunden an seinen dick bemuskelten Armen und Oberschenkeln.

"Du bist wieder die Teufelin", sagte er und grinste heftig über das goldene, hauchdünne Gewand, das sie über ihrem Hügelmädchen-Kleid getragen hatte, und war nicht im Geringsten beeindruckt von der imposanten Ritterlichkeit, die um sie herum herrschte. Ich habe dir das Leben von etwa dreihundertfünfzig meiner Schurken zu verdanken, die zumindest davon überzeugt sind, dass ich sie nicht verraten habe. Sie haben mir wieder die Zügel der Eroberung in die Hand gedrückt.

"Ich schulde Euch noch immer mein Lösegeld", sagte sie, ihre dunklen Augen glühten, als sie über ihn hinweggingen. "Zehntausend Goldstücke werde ich Euch zahlen ..."

Er machte eine wilde, ungeduldige Geste, schüttelte das Blut von seinem Messer und stieß es in seine Scheide zurück, wobei er seine Hände an seiner Rüstung abstrich.

Ich werde das Lösegeld auf meine Art und Weise und zu meiner eigenen Zeit eintreiben", sagte er. Ich werde es in Eurem Palast in Ayodhya abholen, und ich werde mit fünfzigtausend Männern kommen, um zu sehen, dass die Waage fair ist.

Sie lachte und nahm die Zügel in die Hand. "Und ich werde Euch an den Ufern des Jhumda mit hunderttausend Mann treffen!"

Seine Augen leuchteten vor heftiger Anerkennung und Bewunderung, und als er zurücktrat, hob er seine Hand mit einer Geste, die der Annahme der Königswürde glich, und zeigte damit an, dass ihr Weg vor ihr frei war.

Treibhauseffekt und Klimawandel
Energiewende, ja bitte, aber nicht wegen CO2
Klaus-Dieter Sedlacek (Hrsg.)
Paperback
124 Seiten
ISBN-13: 9783750413207
Verlag: Books on Demand
Sprache: Deutsch
Farbe: Ja

Zum Buchshop:

Bände der Buchreihe „Historical Diamond"

BUCHTIPPS

Band 18: **Venus im Pelz** – Novelle von Leopold von Sacher-Masoch – € 4,89

Band 19: **Das Paradies der Damen** – Roman von Emile Zola – € 6,99

Band 20: **Der Geheimagent** – Politthriller von Joseph Conrad – € 6,99

Band 21: **Alraune** – Ein phantastischer Vampirroman von Hanns Heinz Ewers - € 6,99

Band 22: **Das Spinnennetz** – Ungekürzter Spionagethriller von Joseph Roth - € 6,99

Band 501: **King Solomon's Mines** – A remarkable adventure by ALLAN QUATERMAIN – English Edition - € 8,99

Band 502: **Dracula** – A Gothic horror novel by Bram Stoker – Illustrated Edition - € 9,99

Band 503: Frankenstein – Or The Modern Prometheus – Novel by Mary W. Shelley – Newly illustrated Edition - € 8,99